JA

クラッシャージョウ⑧

悪霊都市ククル

〔上〕

高千穂　遙

早川書房

6498

カバー／口絵／挿絵　安彦良和

目次

悪霊都市ククル
〔上〕

プロローグ

ラダ・シンがあらわれた。唐突《とうとつ》だった。なんの前触れもなかった。

「久しぶりだな。フェンス」

太い、傲岸《ごうがん》な声が、耳障りに響いた。

フェンスは、あわてて首をめぐらした。スーツケースの把手《とって》を握る右の手に力がこもった。

なため後方であった。

爬虫類《はちゆうるい》のそれに似た不吉な眼眸《がんぼう》が、フェンスをまっすぐに見据《みす》えていた。フェンスの全身の毛が、音を立てて逆立った。裏の世界に生きる人間で、勝手に背後に立たれるのを好む者は、ひとりとしていない。

ラダ・シンの風貌は四年前と同じだった。頬骨《ほおぼね》が左右に張りだしており、あごがスプーンのように大きくしゃくれている。瘦身《そうしん》で手足が長く、背がひょろりと高い。髪は濃茶色で、短く刈りこまれている。

変わったところは、ほとんどない。服装の趣味の悪さまでが、以前のままである。光沢のある生地で仕立てられたライトグレーのネールカラー・スーツを、ラダ・シンは身につけていた。上着の裾《すそ》が異様に長いスーツだ。膝のあたりまで届いている。軍服などから想を得て、発作的に注文したのだろう。奇をてらったエキセントリックなデザインである。

フェンスは口の端に媚《こ》びるような薄い笑みを浮かべた。

「これは、どうも。ご無沙汰しております」

胸の前で両の手を合わせ、頭を下げた。

下げながら、周囲に視線を素早く走らせた。

ラダ・シンは劇的に登場した。

部屋に仕掛けがしてあるらしい。隠し扉か、床と一体になったエレベータのたぐいであろう。

広大な部屋であった。

柱がなく、天井が湾曲しており、ホールのような構造になっている。

シャトーに到着すると、フェンスはすぐにこの部屋に通された。

と、いうよりも、カートがかれを勝手にここまで運んだのだ。

この部屋には、はじめて入った。四年前には、シャトーにこんな部屋はなかった。

仕掛けは、エレベータだった。フェンスの〝奇跡の瞳〟は、短い一瞥《いちべつ》で、その構造を見破った。

床の色あいが、微妙に違う。天然素材に人工素材がまぎれこんでいる。床一面に敷きつめられた自然石の中に、樹脂パネルが使用されている場所がある。

「どうした？」ラダ・シンが訊《き》いた。

「何をぼんやりしている」

「え？　いや」フェンスは肩をすくめた。

「とんでもない部屋に連れてこられたので、とまどっているんですよ」

フェンスは大袈裟《おおげさ》なしぐさでラダ・シンに応じ、それから、ゆっくりと頭上を振り仰いだ。天井が高い。三十メートル以上は離れている。部屋は楕円形で、短径でも四、五十メートル、長径ならば、八十メートル近くあるだろう。しかも、黄金や自然石が建材としてふんだんに使われている。壁などは、赤や青の原色にけばけばしく彩《いろど》られ、その中で黄金の透《す》かし彫《ぼ》りが燦然《さんぜん》と輝いている。

「四年前に、シャトーを大幅に改造した」

ラダ・シンは言った。

「四年前？」

「そうだ。おまえが、あれを持ちこんでからだ」

ラダ・シンは首をひねり、長いあごをしゃくった。

ラダ・シンの背後。ホールの突きあたりだった。

そこに、何かが飾られていた。フロアが数段高くなっており、その上に巨大な直方体の自然石がしつらえられている。黒い石だ。ローデスで産するブラック・セグマタイトであろう。結晶質石灰岩の一種で、肌理《きめ》が細かく、硬度が低い。

石には、淡い照明があてられていた。石は、展示用の台として用いられている。

展示されているのは。

ナタラージャのカパーラ。

髑髏杯《どくろはい》と、それを掲げ持つ神の左手首である。

白い、ぽおっとした明りの中に、ナタラージャのカパーラは黒く浮かびあがっていた。

石台の大きさは、高さと奥行がおよそ一メートル。そして、幅が二メートル弱。その台の向かって右寄りの場所に、ナタラージャのカパーラは置かれている。

「一ハスタと二ハスタ」

フェンスがつぶやいた。

「そうだ」ラダ・シンが言った。

「おまえが教えたとおりのサイズだ」

一ハスタは前腕の長さである。肘から指先までだ。人によって個人差はあるが、およその四十六センチとみなされている。だが、それは人間にとっての長さで、神仏は、その二倍が基準となる。すなわち、一ハスタは九十二センチである。

「本気で呼ぶのか、舞踊王《ナタラージャ》を？」

フェンスはラダ・シンに訊《き》いた。顔が蒼《あお》ざめ、声が震えている。

「呼ぶ」

ラダ・シンは、フェンスに視線を戻した。端の吊りあがった細い目が、フェンスの双《そう》眸《ぼう》を射抜いた。

「だせ。ナタラージャのヴァジュラを」ラダ・シンは、言を継いだ。

「それを入手したから、再びここにきたのだろう」

ラダ・シンの瞳が炯々《けいけい》と光る。

「ああ」

フェンスはうなずいた。うなずいて、右手で支えていたスーツケースを正面に向かって押しだした。

大型のスーツケースである。軽合金製で、把手《とって》がフェンスの手首とメタル・ストリングでつながっている。

「見せろ」

ラダ・シンが言う。

「今度は、やばかったんだ。カパーラの三倍、払ってくれ」

フェンスは、報酬の交渉をはじめようとした。

が。

「見せろ！」

ラダ・シンは駆け引きを許さなかった。迫力で一蹴《いっしゅう》した。

小さなため息をひとつつき、フェンスは膝を折った。

身をかがめ、手首にはめてあったメタル・ストリングのブレスレットを外した。

スーツケースを横に倒す。

把手の脇のフレームに、円筒形のセンサーがはめこまれていた。親指ほどの大きさのセンサーだ。コードでスーツケースと接続されている。

センサーを把《と》り、フェンスはその先端を自分の額に押しあてた。

脳波錠である。

センサーが脳波をキャッチし、波形があらかじめ登録してあるそれと合致したら、スーツケースのロックが解除される。

甲高い音が弾けて、スーツケースのバックルが跳《は》ねあがった。

慎重な手つきで、フェンスはスーツケースのシェルをひらいた。

「これか」

低い声でラダ・シンが言った。

スーツケースには緩衝材《かんしょうざい》が詰まっていた。白い発泡プラスチックである。緩衝材の中央は細長く切り抜かれており、そこにナタラージャのヴァジュラが納められていた。

金剛杵《ヴァジュラ》を握る舞踊王《ナタラージャ》の右手首である。

手首は黒い貴石でつくられていた。精密な細工の彫刻で、皮膚の質感や浮きでた血管までもが、リアルに表現されている。大きさは常人の倍ほどもあろうか。輝きもまばゆい無垢《むく》の純金でできたヴァジュラを、五本の指でしっかりとつかんでいる。サイズを半分にして肌の色を人間のそれに塗り直せば、誰もが本物の手首と見誤るに違いない。

「これで、そろった」

ラダ・シンが緩衝材の中から、ナタラージャのヴァジュラを引きずりだした。ずしりと重い。

カパーラは二十四キロあった。ヴァジュラの重量は、それよりも三、四キロほど上回っている。

「ついに、わしのもとにきたか」

ラダ・シンの表情がほころんだ。相好が崩れ、細い目がいっそう細くなった。

「やるべきことを、してやろう」

両の手でナタラージャのヴァジュラをかかえ、ラダ・シンはきびすを返した。

フェンスに背を向ける。

フェンスは言いたかった。

商売を先にしてくれ。

しかし、言葉が声にならない。ラダ・シンの〝気〟に呑《の》まれてしまっている。

フェンスは、ホールの奥へと進むラダ・シンを凝然《ぎょうぜん》と見送った。

ホールを横切って、階段状になっているフロアを登り、ラダ・シンが石台の前に立った。石台は、ただの台ではない。祭壇である。語り継がれてきた伝説の秘儀を執《と》りおこなうための聖なる座だ。それゆえに、ハスタという古代の法量に則《のっと》ってつくられた。

歩を止めた。石台の上面が、ちょうどラダ・シンの腰のあたりである。

ナタラージャのヴァジュラを、ラダ・シンは石台の上に置いた。金剛五鈷杵《ごこしょ》を握った右腕を、肘と手首の中ほどですっぱりと断ち落とす。彫刻は、そのような形状をしており、断ち落とされた切断面を底にして、まっすぐに立てられるようになっている。

石と石とが触れ合う硬い音が、ホール全体に高く響いた。

祭壇に、ナタラージャの両手首が並んだ。向かって右側にカパーラ。そして、左側にヴァジュラ。髑髏杯を掲げた左手と、金剛杵を握った右手は、ただ置いてあるだけなのに、まるで石台から生えているかのように見える。

左右の手首の間を、ラダ・シンは一ヴィタスティとした。一ヴィタスティは人間の長さで二十三センチ。神仏ならば、四十六センチとなる。むろん、この場合は祭壇の寸法同様、神の長さを基準とする。

秘儀のしたくはととのった。

ラダ・シンはうしろに退り、フロアを三段下った。ナタラージャの手首の位置が、目の高さとなった。

印契《ムドラー》を結び、呪文《マントラ》を唱えた。

フェンスの顔色が一変した。

血の気がひき、蒼白になった。

ヨーニ・ムドラーにクンダリニー・マントラ。

嘘《うそ》ではなかった。

ラダ・シンは本気だった。クンダリニーを目覚めさせ、シャクティを得てブラフマランドラに導き、この世にナタラージャを呼びこもうとしている。

四年前、ナタラージャのカパーラを売り渡したとき、たわむれにフェンスはこの彫刻の由緒《ゆいしょ》とそれにまつわる秘儀をラダ・シンに教えた。ラダ・シンは秘儀に強い興味を示し、カパーラと対《つい》になる彫刻、ナタラージャのヴァジュラをなんとしても手に入れるよう、その場でフェンスに命じた。フェンスはあらゆる難を排して、ラダ・シンの命《めい》に応《こた》えた。

しかし。

まさか、入手と同時にラダ・シンが秘儀をおこなおうとは、フェンスも予想だにしていなかった。

やめさせなくては。

フェンスは、そう思った。

だが、行動には移れなかった。移る間もなかった。秘儀の第一段階、ムーラダーラ・チャクラの行は、瞬時に終わる。

終わるやいなや。

電撃《ヴァジュラ》が生じた。

何がどうなったのかは、フェンスにもよくわからなかった。

だしぬけにホールが光った。白い閃光が、ホールの内部を包んだ。

閃光の源は、突きあたりの祭壇だ。

光の中に電撃が走っていた。閃光に閃光が重なっている。稲妻が四方に散り、雷鳴が激しく轟《とどろ》く。すさまじい音だ。空気がびりびりと震え、フェンスの耳がじいんと痺《しび》れる。

光の中に、ラダ・シンがいた。ラダ・シンはムドラーを結び、天を仰いでいる。光の嵐がラダ・シンを囲む。

そのラダ・シンを。

YAS.

電撃が打った。

ナタラージャの電撃《ヴァジュラ》。一条ではない。数十条にも及ぶ。

荒れ狂う光の矢が、束となってラダ・シンの肉体を貫いた。

光が膨《ふく》れあがる。

ラダ・シンを覆い、祭壇を覆い、ナタラージャの二本の手首を覆う。

覆ったつぎの瞬間。

光は失《う》せた。

一気に広がり、薄れた。薄れて、消えた。

視界が戻った。白い光にさえぎられていたフェンスの視界が、見る間に戻ってきた。

ラダ・シンが立っていた。電撃に打たれたラダ・シンだったが、祭壇の前に平然と立っている。

ムドラーはそのままだ。が、いつの間にか向きが変わっている。打たれたときに反転したのだろうか。ラダ・シンは祭壇に背を向け、胸を張って印を結んでいる。

視線が、フェンスを捉えた。

にやりとラダ・シンは笑った。

フェンスは手の甲で目をこすった。どこか、おかしい。霞《かすみ》がかかっている。ラダ・シンの左右に黒い影のようなものが浮かんでいる。

目をこすっても、影は残っていた。

錯覚ではなかった。光に目がやられたのでもなかった。

影が、たしかにラダ・シンの脇にいる。

ぼんやりとした影だった。大きさは十歳くらいの子供ほどである。人の姿形をとっているわけでもないが、どことなく人間のようなシルエットを感じる。

「啓示を受けたぞ、フェンス」

ラダ・シンが口をひらいた。声に異様な響きがあった。かなり離れているのに、フェンスの耳にはっきりと届く。

「ナタラージャの啓示だ」ラダ・シンは言う。

「ナタラージャは、わしにアスラを預けた。ナタラージャは血を欲している。血と魂が捧げられて、はじめてナタラージャは、この世に姿を見せる。その血を得るために、ナタラージャは、わしにアスラを預けた」

アスラ。

魔族だ。

第一段階の行には、ナタラージャそのものを呼びこむ力がなかった。ナタラージャが動くには、第二、第三の行が必要とされる。それらの行を成就《じょうじゅ》させるために、ナタラージャはおのれが支配する魔族をラダ・シンに渡した。

戦慄《せんりつ》が、フェンスの血を凍らせる。

ナタラージャは破壊の神だ。宇宙を破壊し、世界を滅ぼして、その支配者となる。

ナタラージャは、ラダ・シンに憑《つ》いた。ラダ・シンは舞踊王の尖兵となった。

「光栄に思え」ラダ・シンは言を継いだ。

「ナタラージャに捧ぐ最初の血は、おまえの血だ」

ムドラーを解き、ラダ・シンは両の手を大きく広げた。

「行け。アスラども！」

叫んだ。

影が動いた。渦《うず》を巻き、床の上を疾《はし》った。

フェンスは死を望まなかった。恐怖が精神《こころ》を鷲摑《わしづか》みにしていたが、肉体は縛られてはいなかった。

銃を持っていた。オーバーオールのスペーススーツにジャンパーという服装だ。武器を隠し持つ余裕は十分にある。

袖の中に小型のレイガンが仕込んであった。ボタンひとつで、右のてのひらに滑り落ちてくる。

レイガンのグリップを握った。

すかさずトリガーを押した。

床を狙った。アスラやラダ・シンと戦う気は毛頭《もうとう》なかった。得体の知れぬ敵と貧弱な武器で戦うほどの勇気を、フェンスは持ちあわせていない。

レイガンの光条が、床を灼《や》いた。

床の一角に、わずかに色あいの異なっている場所があった。その周囲で、盛大に火花が散った。色あいが違うのは、そこが自然石ではなく樹脂パネルでできているからだ。

いきなり、床の一部が沈みだした。

羽虫がうなるような音とともに床が矩形《くけい》に割れて、そこがゆっくりと降下していく。エレベータだ。ラダ・シンがこの部屋にくるのに使用した。

沈んでゆく床にフェンスは飛び乗った。

影がくる。

床の降下が止まった。右横に通路があらわれた。

転がるように通路に入った。入るのと同時に、壁めがけてフェンスはレイガンを乱射した。

非常シャッターが閉まった。エレベータと通路の間が遮断された。たぶん非常シャッターがあるだろうと思って撃ったのだが、予想は的中した。緊急防御機構のエネルギー・センサーが作動した。ここはラダ・シンのシャトーである。ラダ・シンは、そういったセンサーの設置を絶対に怠らない。だから、ローデスの裏社会で勢力を伸ばし、いまの地位を獲得することができた。

フェンスは身をひるがえした。

通路がどうなっているのかを、かれは知らなかった。知らなかったが、とにかく走りだした。もたもたしているよりは、しゃにむに動いたほうがましだ。

逃げてやる。

走りながら、そう誓った。必ず逃げて、生き永《なが》らえる。殺されてたまるか。シャトーがなんだ。アスラがなんだ。

フェンスには誇りがあった。

目利《めき》きのフェンス。

ナタラージャ教団の神殿を破った男だ。

不可能を可能にした男である。

第一章　禁断の秘儀

1

自動走路から降りた。

「こちらです」

バラモンが行手を指し示した。

「ひょええ」リッキーが悲鳴をあげた。

「こんなとこ、登るのかい？」

震える声で訊いた。

「そうです」白い布で全身をくるんだ初老のバラモンは、大きくうなずいて、リッキーの問いに答えた。

「七百七十七段ございます」

行手には、石段が聳《そび》え立っていた。幅はおよそ七メートル。かなりの傾斜である。むろん、エスカレータなどではない。正真正銘の歩いて登る階段だ。

「エレベータで近道ってのは？」

リッキーが、問いを重ねた。

「ありません」

返答はにべもない。

「諦《あきら》めな。リッキー」タロスが口をはさんだ。

「ふだんの節制がたいせつなんだ。こんな石段くらいでびびっていたら、クラッシャーは、やっていけねえぜ」

左頬を歪《ゆが》め、タロスはにやりと笑った。すさまじい顔貌《がんぼう》である。額も頬も傷痕《きずあと》だらけで、フランケンシュタインの怪物にそっくりだ。身長は二メートルを優に超え、肩幅も胸の厚みも常人をはるかに凌駕《りょうが》している。

「なんだよう。いちいち」リッキーは、タロスを睨《にら》みつけた。

「年寄りは、すぐに説教をはじめる」

鼻を鳴らし、リッキーはタロスの眼前に移動した。身長差が大きい。タロスよりリッキーは七十センチほど背が低く、しかも童顔である。年齢に至っては、三十七歳も若い。クラッシャー歴わずか二年の十五歳である。

「説教とはなんだ」タロスが言い返した。

「こっちは親切にも、後輩にクラッシャーの心得を伝えようとしているんだぞ」

「ふうん。そうかい」リッキーは肘《ひじ》でタロスの腹をこづいた。

「親切ねえ。俺《おい》らを小馬鹿にするのが」

「ひねくれたガキだな」

「悪かったね」

「悪いや」

「うるせえ」

「なんだと」

「やめろ！　ふたりとも」

怒声が、リッキーとタロスの間に、割って入った。

ジョウの声だった。

「ほっとくと、すぐに喧嘩《けんか》だ。場所を考えろ」

つかみ合い寸前のふたりを、ジョウは左右に分けた。アンバーの瞳がぎらりと炯《ひか》る。

「だって、兄貴、タロスがいけないんだぜ」

リッキーが言った。リッキーはチームリーダーの剣幕に首をすくめている。しかし、タロスを非難するのをやめようとはしない。

「何を言いやがる」

タロスは、せせら笑った。

「懲《こ》りないわねえ」

ジョウの横に、アルフィンが並んだ。

アルフィンはリッキーとタロスを交互に見た。腰に手をあて、首をななめに傾けている。金髪碧眼の美少女だ。一年前までは、ピザン王国の王女だったという変わり種のクラッシャーである。陽光に燦《きらめ》くブロンドの髪が赤いクラッシュジャケットに映《は》えて、みごとなコントラストを見せている。

「あんたたち、仲がよすぎるわ」アルフィンは言を継いだ。

「だから、しょっちゅうじゃれ合って騒いでるのよ」

「へっ」タロスが肩をすくめた。

「俺が、こいつと仲がいい？」

リッキーを指差した。

「へっ」リッキーは舌をだした。

「俺らがタロスとじゃれ合って、騒いでいる？」

「よく言うぜ」

ふたりで声をそろえた。

「ぶってるなあ。きょうのアルフィンは」リッキーが言った。

「マウナルの夜とは大違いだ」

「そうそう」タロスが相槌《あいづち》を打った。

「誰だったかねえ。飲んで暴れて、酒場を一軒つぶしちまったねえちゃんてなぁ」

「あんですって！」

アルフィンの柳眉《りゅうび》が逆立った。頬が紅潮し、殺気が疾《はし》った。

「やめないか！」

再び、ジョウの怒声が凛《りん》と響いた。

「みんな、ここをどこだと思っている。神殿の前だぞ、ナタラージャ教団の。ふざけるのも、いいかげんにしろ！」

ジョウは本気で怒っていた。タロスもリッキーもアルフィンも、遊び気分がまったく抜けていない。アラミスからの緊急連絡で休暇を途中で切りあげてきたせいもあるが、それにしても度が過ぎている。

激昂《げっこう》するジョウを見て、三人は我に返った。

「はあい」

しゅんとなった。

そこへ。

「もう、よろしいかな」距離を置いて様子を眺めていたバラモンが、音もなく歩み寄ってきて声をかけた。

「よろしければ、まいりますよ」

バラモンは四人のクラッシャーに向かい、冷ややかな口調で言う。表情がない。

「…………」

タロス、リッキー、アルフィンは、赤面して、首うなだれた。

「すみません」

ジョウが頭を下げた。

「では、ついてきなされ」

バラモンが先に立った。

石段を登りはじめた。

ジョウが、バラモンのあとに従った。さらにその背後に、三人のクラッシャーがつづいた。

アラミスからの緊急連絡は、仕事の依頼であった。依頼主は、ナタラージャ教団。太陽系国家ガンガーを本拠地とする宗教団体である。全銀河系に布教活動をおこなっているメジャーな団体ではないが、ふたご座宙域では、その名を知られている。ガンガーの国民の九十九パーセントが、ナタラージャ教団の信徒なのだ。このような国家は、他に例がない。

　二一一一年。

　半世紀も前のことである。

　その年、人類は積年の夢であった超空間航法をおのれのものとした。きわどい一瞬であった。人類は危殆《きたい》に瀕《ひん》していた。人口の爆発的増加で、地球はおろかソル太陽系そのものまでが飽和状態となり、滅亡は目前という事態に、人類は追いこまれていた。

　実用化された超空間航法は、人類を救った。人びとは争ってソル太陽系を脱出し、あらたな約束の地を求めて、宇宙に飛びだしていった。幼稚な技術ではあったが、地球型の惑星であれば、人類が植民できるように改造を施すことも可能であった。

　人類は、またたく間に銀河系を席捲《せっけん》した。

　総人口の七割が、ソル太陽系を捨てた。捨てて、新天地へと移住した。

　ナタラージャ教団は、教団としてふたご座宙域に惑星を確保し、信徒のすべてが、その惑星に植民した。

　恒星ガンガーの第四惑星、バクティである。

　バクティはのちに惑星国家となり、地球連邦から独立した。二一四九年には、国家の単位が惑星から太陽系に拡大され、太陽系国家ガンガーとなった。バクティには、首都カイラーサが置かれ、そこに巨大なナタラージャ神殿が築かれた。

いま、ジョウの眼前に聳《そび》え立っている神殿がそれだ。

ナタラージャ教団は、大至急、トップクラスのクラッシャーをガンガーに派遣してほしい、とアラミスに申し入れてきた。アラミスは、この要請を受けた。提示された礼金は、通常の十倍の額であった。

白羽《しらは》の矢は、休暇でマウナルにいたクラッシャージョウのチームに立てられた。特A級のクラッシャーで仕事をかかえていないのは、その時点で、ジョウのチームだけであった。

ジョウはただちに休暇を取り消し、〈ミネルバ〉でガンガーに急行した。

ガンガー政府は、クラッシャーの入国審査を免除した。

VIP扱いである。

カイラーサの宇宙港には、教団の幹部が迎えにきていた。

バラモンと呼ばれている神官たちだ。白い布をからだに巻きつけ、髪を伸ばし、長いひげをはやしている。

教団専用のVTOLで、四人のクラッシャーは神殿に至った。

VTOLは神殿脇のヘリポートに着陸し、クラッシャーは、そこから自動走路に乗った。

神殿の前で、自動走路から降りた。

石段があった。

七百七十七段の、歩いて登らねばならぬ石段である。

「ひょええ」

リッキーが悲鳴をあげた。

2

石段を登った。

ただひたすらに登った。

バラモンがマントラを唱えている。呪文《じゅもん》だ。

マントラは、遠いむかしに失われた古い言葉で声高く謳《うた》いあげられる神々への賛歌である。

そのマントラを詠誦するリズムによって、登行の歩調はととのえられている。

「ううむ。ちくしょう。この野郎」

誰かが罵《ののし》り声を発した。太い、すごみのある声だった。

タロスだ。

タロスが最初に音《ね》をあげた。

マントラのリズムに、タロスは乗りきれなかった。登りはじめてすぐに遅れだし、そのままずるずると離されていった。

先頭をバラモンが行く。バラモンのつぎに、ジョウとアルフィンがつづく。そのうしろがリッキーで、タロスは最後尾にまわった。

見る間に、十数段もの差がひらいた。

タロスはサイボーグである。大事故に遭《あ》って重傷を負い、全身の八割が人造部品に置き換えられた。生身のまま残っているのは、脳や内臓など、一部の器官にすぎない。

タロスは、肩で息をしていた。ふだんは青白い顔を真っ赤に染めて、激しくぜいぜいとあえいでいる。

サイボーグのタロスだが、心臓は自前だ。からだが大きく、膂力《りょりょく》もあるのでタフだと思われているのに反し、実際は意外に持久力がない。タロスの四肢の動きは、血圧や筋電流を利用した生体モーターと倍力装置によってコントロールされている。したがって、ふだんはそれほど心臓に負担がかからない。かなりの力仕事でも、短時間なら生体モーターが作動して、心臓の労力を省いてくれる。

と、いうことは。

慢性的にスポイルされているのだ。心肺機能が。

要するに、運動不足である。

階段の登行は全身運動であった。

怠けている心臓が、めいっぱい働かねばならなくなった。

一気に限界に達した。

「なんだい、タロス」

リッキーが振り返った。タロスが階段のはるか下で足を止め、深呼吸をしている。

「ひでえや。わめくだけわめいといて、そのざまかよ。なにが節制だ。なにがクラッシャーだ」

腕を組み、リッキーは胸をそらした。軽蔑《けいべつ》のまなざしが、タロスを鋭く射抜いた。

「くそっ……たれ。たまには、こう……いうことだって……あるんだよ」

タロスは反論した。しかし、声が声にならない。息があがって、迫力も威厳も消え失せている。

「ふん」

リッキーは鼻先でせせら笑った。

「まあ、いいや」勝ち誇ったように言う。

「タロス、年寄りだもん。大目に見とくよ。だけど、あんましのんびりしないほうがいいぜ。みんなに迷惑かけて、クラッシャーの名がすたっちゃうから」

「むおう」

タロスはうなった。うなって、リッキーを睨みつけた。だが、それ以外には何もできない。

リッキーは身をひるがえした。タロスに背を向け、また石段を登りはじめた。

軽い足取りで、二、三段、登った。

と。

そこで動きが止まった。

首をゆっくりとめぐらす。

リッキーは、後方に目をやった。

石段の途中で、タロスが凝然と立ち尽くしている。

「しょうがねえなあ」

リッキーはかぶりを振った。

きびすを返した。

飛ぶように、石段を駆け下った。

タロスの背後にまわった。両腕を伸ばし、てのひらでタロスの腰を支えた。

巨体を押そうとする。

「よせ。情けは……無用……だ」

タロスはリッキーの手を払いのけた。

「こっちの問題なんだよ」リッキーが応じた。口調が荒い。

「タロスの恥は、チームの恥なんだぜ」

ぴしゃりと言った。

「ざけやがって」

タロスはぎりっと歯を噛み鳴らした。

「文句あっかい？」

リッキーが訊いた。

「ねえよ」

タロスは短く答えた。答えて、抗《あらが》うのをやめた。力を抜き、リッキーに押されるがままになった。

石段を登りきった。

ジョウとアルフィンが、タロスを迎えた。

「大丈夫？」

アルフィンがタロスの顔を覗きこんだ。ジョウはタロスに肩を貸した。タロスは、背中を大きく上下させている。返事はできない。

「…………」

数分の間があいた。

ややあって。

「平気……でさあ」

ようやく声がでた。

タロスはからだを起こした。ジョウから離れ、膝を折って石床の上にあぐらをかいた。視線を遠くに向ける。

眺望がひらけていた。たったいま、自分が必死の思いで登ってきた石段側の眺望である。手摺《てす》りや胸壁など、視界をさえぎるものは何もない。

急勾配の石段は、七百七十七段で高度が三百五十メートルを超える。百階建てのビルに等しい高さだ。そのビルの屋上に、徒歩で登ってきたことになる。

タロスは風を感じた。微風だった。気象コントロールがなされている。石段はフェンスで囲われていない。外壁に直接刻みこまれている。強風にあおられたら、登っている人間は、ひとたまりもない。他愛なく吹き飛ばされてしまう。

神殿は、細長いピラミッドに似た形状をしていた。頭頂を切りおとした四角錐体である。バラモンの説明によると、ナタラージャの住まうカイラーサ山を模した姿だという。首都カイラーサの名も、この神殿に由来する。

神殿の周囲は、目の届く限り、鮮やかなグリーンに彩られていた。

林と森と草原だ。

黄緑。青緑。深緑。まるで、緑のモザイク模様である。

その緑一色の中に、教団の施設や住宅が遠慮がちに点在している。

そして。

地平線のかなたには、雪をいただいた峻険《しゅんけん》な山脈が、蒼空を背景に白く浮かびあがっている。

ヒマーラヤだ。

神々のおわす聖なる峰。

タロスの呼吸がととのった。紅潮していた頬も、もとの青白い色を取り戻した。

ジョウがバラモンに目配せした。

「お入りください」

小さくうなずき、バラモンは口をひらいた。

神殿の頂上には、礼拝堂が設けられている。神殿のうちで、もっとも重要な場所だ。この礼拝堂のために四角錐体の神殿は存在し、七百七十七段の石段が儀礼としての意味を持つ。

陽光を浴びて燦然《さんぜん》と輝く黄金の丸屋根。

それが礼拝堂である。

ジョウたちの正面に、礼拝堂の扉があった。巨大な扉だ。木製で、みごとな彫刻がその表面に施されている。

扉の前にバラモンが立った。

印契《ムドラー》を結び、マントラを唱えた。

扉が、静かに内側へとひらいた。

一礼し、バラモンが進んだ。

ジョウたちが、あとにつづく。

礼拝堂の中へと歩を踏み入れた。

ひんやりとした空気が、肌をやさしくなぶった。重厚な合唱が、耳朶《じだ》を打った。暗順応が遅れ、しばし、視界が失われた。

やがて。

淡い黄金色の光に包まれた礼拝堂の光景が、ジョウたちの眼前に広がった。

「！」

アルフィンが息を呑《の》んだ。

ジョウに身を寄せた。

「いやっ」

腕にしがみついた。

短い悲鳴をあげ、顔を覆った。

3

礼拝堂の内部は、予想外に広々としていた。

ドーム状のホールで、中央にまっすぐ道が延びている。絨緞《じゅうたん》の道だ。絨緞の表面には、蛇や鳥の紋様が織りこまれている。

道の左右に。

何十人という信者がひしめいていた。

信者たちは、ナタラージャへの祈りを捧げている。

舞踊王《ナタラージャ》に捧げる祈りは、踊り以外にない。

踊りだ。

半裸であった。信者たちは、男も女も。

男女の比率は、五対三くらいであろうか。男のほうが多い。いずれも下帯ひとつの半裸である。手を振り、足をあげ、かれらはひたむきに踊り狂う。

忘我だ。顔に恍惚《こうこつ》の表情を浮かべ、目を閉じ、口を半開きにして、信者たちはナタラージャのために踊る。節《ふし》をつけたマントラが喉《のど》の奥から漏《も》れ、それに合わせて、手や足がさらに妖しく蠢《うごめ》く。剝《む》きだしになった尻に汗が光り、乳房が揺れ、長い髪が激しく波打つ。

淫靡《いんび》で、奇怪な光景であった。

「目をそらすな。アルフィン」ジョウが言った。

「これはナタラージャ教団の儀式だ。目をそらすと非礼になる。顔をあげろ」

「ジョウ」

アルフィンは首を横に振った。振りながら、ジョウを上目遣いに見た。表情で「そんなの、無理よ」と主張している。

「だめだ」

ジョウは強引にアルフィンを自分の腕から引きはがした。

「いじわる」アルフィンは頰をふくらませた。

「いいわよ。だったら」

ジョウの背後にまわり、その背中に視線を据《す》えた。こうやってジョウを凝視していれば、周囲の様子はアルフィンの瞳に映らない。

「いじわる」

リッキーがしなをつくり、アルフィンのまねをした。

「たこ!」

タロスが、リッキーの頭をこづいた。

クラッシャーの悪ふざけを無視して、バラモンは粛々と歩を運ぶ。マントラが渦《うず》を巻き、裸形の男女が、憑《つ》かれたように乱舞する。

行手に祭壇があった。

ホールの突きあたりだ。絨緞の道は、その祭壇まですっすぐにつづいている。

祭壇は、直方体の台であった。黒曜石でつくられている。幅が二メートルほどで、高さは一メートル弱。奥行もそのくらいだ。黒いテーブルといった感じである。

祭壇は、スポットライトに照らしだされていた。その上に、何かが飾られていたらしい。しかし、いまは何もない。白いライトは漆黒の祭壇そのものを、うそ寒く照らしだしている。

祭壇の前に、人がいた。

老人だった。身なりは、バラモンと同じである。からだに白い布を巻きつけ、足は裸足《はだし》だ。両手の指をからませて、印契《ムドラー》を結んでいる。ひげが長く、白い。剃《そ》りあげたのか、自然にそうなったのか、髪は一本もない。年齢は九十歳、あるいは、それ以上だろう。顔には無数のしわが深く刻まれ、造作がその中に埋もれている。目などは、まったく見当たらない。瞑目《めいもく》しているらしいが、そうではないのかもしれなかった。

バラモンが老人の正面に立った。

ひざまずき、頭を下げた。

「グル・ザガカール」額を床にこすりつけ、バラモンが低い声で言った。「クラッシャーが到着いたしました。ご接見ください」

「うむ」

老人は小さくうなずいた。

ザガカール。ナタラージャ教団の導師《グル》である。教団の最高権威者だ。三百万教団員の頂点に君臨する偉大な聖者である。ガンガーには議会も国会もあり、国家元首としての大統領も存在するが、ガンガーという国家を動かし、国民の絶対的な信を得ているのは、かれらではない。グル・ザガカールである。ザガカールが教団を創設し、信徒をバクティに移住させた。

バラモンが身を引いた。

素早く動いてうしろにさがり、ザガカールの面前から辞した。

ザガカールの前には、四人のクラッシャーが残された。

ザガカールは印契《ムドラー》を解いた。

両腕を左右に広げ、首をわずかにかしげた。からだが細い。胸には肋《あばら》が浮いており、腕などはまるで枯木のようだ。褐色の皮膚には、黒いしみが無数に散っている。

「チームリーダーは、どなたかな？」

ザガカールの口が小さくひらいた。トーンの高い、子供のように愛らしい声が、その口から流れでた。

「俺だ」

グルの問いかけに、ジョウが答えた。答えて、一歩進んだ。ザガカールの立つ位置は、床面よりも二段ほど高い。

「クラッシャージョウ。アラミスの本部から、ナタラージャ教団の仕事を受けるように命じられて、ここにきた」

声を凛《りん》と響かせて、ジョウは言った。

「ジョウ、か」

ザガカールは若いクラッシャーを見た。糸よりもまだ細い双眸《そうぼう》が、ジョウの顔を捉《とら》えた。眼光が強い。言いしれぬ力を放つ。

「はたち、いや十九かな」ザガカールは言を継いだ。

「いい面構《つらがま》えをしておる。不屈の気が全身にみなぎり、強靭《きようじん》な意志が肉体を内部から支えている。みごとだの、ぬしは。ぬしならば、きっとわしの依頼する仕事をなしとげてくれるだろう」

「………」

「それに」ザガカールの視線がジョウの背後へと移動した。

「ぬしの仲間がまた、好もしい」

グルの目は、巨漢のクラッシャーを見据えている。

「久かたぶりだのう。タロス」

ザガカールは言った。

「これは、これは」タロスの眉が、ぴくりと跳《は》ねた。

「簡単に見破られてしまった」

肩をすくめ、かぶりを振る。

「風貌は移ろうが、精神《こころ》は不変だ」ザガカールは微笑を浮かべた。

「わしは目でものを見ているのではない」

「恐れ入りました」タロスは頭を掻《か》いた。

「べつに、とぼけるつもりはなかったんですがね。なにしろ三十六年ぶりですから」

「一瞬じゃよ」

ザガカールは言った。

「どういうことなんだ、こいつは？」

首をめぐらし、タロスに向かって、ジョウが小声で訊いた。

「この星を改造したのは、俺たちなんでさあ」タロスは言った。

「ようやくクラッシャーって商売が世間様に知られはじめたころですよ。ダンが請け負って指揮をとり、俺たちがバクティをザガカールの望むとおりの星につくりかえたんです」

「親父が?」

「ええ」

タロスはあごを引いた。

「そうだったのか」

ジョウは偉大な聖者に向き直った。

ナタラージャ教団のグル。

ただ者ではない。

4

二一二五年。

不毛の惑星バクティに、水と大気が与えられた。人類が飲用できる水であり、呼吸できる大気だった。

地球連邦政府はバクティを植民可能惑星と認め、ナタラージャ教団が提出していた信徒のバクティ移住申請を受理した。

バクティを改造したのは、クラッシャーである。

宇宙の便利屋だ。

惑星改造、護衛、探索、救援、危険物の輸送。法にかなってさえいれば、ありとあらゆる仕事をクラッシャーは引き受け、確実にやりとげる。

クラッシャーがあらわれたのは、宇宙開発の初期だった。惑星改造や航路整備などの土木事業に従事する宇宙生活者のことを、誰かがクラッシャーと呼んだ。その名が、いつの間にか定着した。

初期のクラッシャーは、ならず者と同義語であった。特殊技術者の集団でありながら、統制がない。かれらを律する組織も存在していない。多くは、有能だが気が荒く、詐欺《さぎ》、傷害、殺人などの刑事事件がクラッシャーの周囲には常につきまとっていた。

そんなクラッシャーの概念を、ひとりの男が根底から変えた。

クラッシャーダン。

ジョウの父親だ。

かれがクラッシャーを再生に導いた。ダンの尽力《じんりょく》によって、クラッシャーは地位と評価を一新した。

専用の宇宙船を操り、特注の装備、武器を駆使して困難な任務に命賭けで挑む宇宙のエリート。

それが、クラッシャーのあらたなイメージとなった。

ダンはクラッシャー評議会を設立し、銀河系全域に散って惑星改造などに従事している宇宙生活者をひとつに束ねた。惑星アラミスを銀河連合から譲り受け、そこをクラッシャーの活動拠点とした。アラミスはおおいぬ座宙域にある恒星トールの第四惑星である。評議会の本部はアラミスに置かれた。そして、評議会は、クラッシャーによるクラッシャーのための法律を制定し、業務運営の管理体制を国家に準じるかたちでととのえた。アラミスは文字どおり、クラッシャーの故郷となった。

二二六一年。クラッシャーが銀河系に登場してから、およそ四十年が経過した。アラミスを得てからは十有余年。現在、評議会議長をつとめているのは、九年前に現役を引退したクラッシャーダンその人である。

「わしの要請を受けて、クラッシャー評議会は、最高のクラッシャーをバクティに派遣すると約束してくれた」グルは言う。

「どうやら、その約束は違《たが》えられなかったようだ」

ザガカールは静かな微笑みを、しわだらけの口もとにうっすらと浮かべた。

「クラッシャー評議会は、仕事の内容を伝えてこなかった」ジョウが言った。

「教団は、俺たちに何を頼みたいんだ」

「ふむ」

ザガカールは鼻を鳴らした。鳴らして、左足を一歩引き、体をひらいた。

背後に目をやった。

黒曜石の祭壇がある。スポットライトがその天板を丸く照らしだしている。

「ここに、ナタラージャのヴァジュラがあった」

ザガカールは言った。

「ナタラージャのヴァジュラ？」

「教団の秘宝じゃ」ザガカールは、ジョウに向かって、ちらりと視線を走らせた。

「ご本尊というやつだな。ナタラージャ教団の最高神は、むろんナタラージャだ。信者の祈りは、ここに飾られたナタラージャのヴァジュラに対して捧げられてきた」

「仏像ですかい？」

タロスが訊いた。

「いや」ザガカールは、かぶりを振った。

「ナタラージャのヴァジュラは、ナタラージャそのものだ。像ではない」

「どうも、よくわかんないなあ」

リッキーが口をはさんだ。

「写真か何か、残ってないの？」

アルフィンが尋ねた。

「写真には写らない」ザガカールは、わずかにざらついた声で、その問いに答えた。「いにしえより、多くの者が試みてきたが、すべて徒労に終わった。ナタラージャのヴァジュラは人の目にしか映じない。フィルムやビデオは拒否される」

「へんなの」

リッキーが顔をしかめた。

「ナタラージャの姿は、この世では幻なのじゃ。幻の姿は、見ることができても、残すことはできない」

「信じられねえ」

タロスは肩をすくめた。

「しかし」ザガカールは言葉をつづける。

「見た者が、それをそのとおりに描くことは可能だ」

「宗教画ね」

アルフィンが言った。

「お見せしよう」

ザガカールは右手を高く挙げた。

正面の壁であった。礼拝堂の突きあたりだ。祭壇のさらに向こう側である。

その壁の一部が、横にスライドした。

と、同時に。

踊り狂う信者たちの唱えるマントラの声が、ひときわ大きくなった。

壁画があらわれた。

巨大な壁画であった。高さは五メートル。幅は三メートルもあろうか。ふだんはスライドする扉の蔭に隠されている。

壁画は、不思議なポーズをとる多臂神《たひしん》の立像であった。肌の色が青黒く、四本の腕を左右上下に振り広げている男神だ。腰に毛皮をまとい、片足を高く持ちあげて、からだに数匹の毒蛇を巻きつけている。三叉戟《さんさげき》、鼓《つづみ》、角杯《つのはい》などを手にしており、唇が異様に紅い。額には第三の眼が光り輝いている。

「これがナタラージャだ。ターンダヴァ・ダンスを踊る」

ザガカールは言った。

「ヴァジュラってのは？」

ジョウが訊いた。

「絵はもうひとつある」

ザガカールはいったん降ろした右手を、いま一度頭上に挙げた。

また壁の一部がゆっくりとスライドして、ひらいた。ターンダヴァ・ダンスを踊るナタラージャの右横だった。扉の内側には、壁画が隠されている。サイズは、踊るナタラージャと同じだ。対《つい》になっているらしい。礼拝堂を建立したときに、描かれたのだろう。

壁画が出現した。

暗い絵であった。一面が闇として描かれている。闇の中に多臂神の姿がぼんやりと浮かんでいる。左右の腕二本で三叉戟を持ち、それを胸の前でななめに構えている。あとの二本は、天に向かって高く差しあげられている。差しあげられているほうの左の手は白い半球形の碗《わん》のようなものをつかみ、右の手は金色に輝く鉄亜鈴《てつあれい》のようなものを握る。身なりや風貌は、踊るナタラージャと大差ない。腰に毛皮。からだに大蛇を巻きつけ、額には第三の眼が炯《ひか》る。表情は、こちらのほうが、少し険しい。怒っているかのように見える。

「ヴァジュラとカパーラを持つナタラージャだ」ザガカールが言った。

「右手に握っているのが、金剛五鈷杵。つまり、ヴァジュラだ。神々の武器で、電撃を象徴している」

「カパーラというのは？」

「髑髏杯じゃよ。左手でつかんでいる」ザガカールは指で絵を指し示した。

「ナタラージャは、捧げられた人間の血をカパーラで呑み干す」

「ひええ。おっかねえや」

リッキーが大仰《おおぎょう》な声をあげた。

「すっごい神様ね」

アルフィンも、目を丸くした。

ナタラージャ。

別名をシヴァという。

5

「ナタラージャの右手首が、この祭壇に飾られていた」

ザガカールはクラッシャーに向き直った。向き直って、いまは何もない祭壇の上に、てのひらをかざした。スポットライトが、朽木《くちき》のような腕を白く照らしだす。血管が異様に太い。甲のあたりで、高く盛りあがっている。

「手首といっても、肘《ひじ》のあたりまであって、黄金のヴァジュラを握っており、全長は八十センチほどもある。重量も三十キロ近い」

「何で、できてるんだ」

ジョウが訊いた。

「一瞥《いちべつ》した限りでは、黒い貴石でつくられているように見える」

「じゃあ、やっぱり彫像じゃない」

アルフィンが言った。

「違うな」ザガカールは首を横に振った。

「そう見えるだけだ。あれは人の手によってつくられたものではない。あれは、魔道行者がこの世に呼びこもうとして果たせなかった、ナタラージャの右手首だ」

「左の手首は？」

ジョウが尋ねた。

「あるはずだ」ザガカールは問いに答えた。

「禁断の秘儀が伝わっている。八十年前、テラのヒマーラヤで修行を積んでいたわしは、聖者ナンダパラスヴィーからナタラージャのヴァジュラの由来を教えられた」

「…………」

「はるかなむかし、魔道に堕《お》ちた行者が、傲慢《ごうまん》にもナタラージャをこの世に呼びだし、その力を支配しようとした。禁断の秘儀が執《と》りおこなわれ、ナタラージャはヴァジュラとカパーラを携《たずさ》えて、地上に姿を見せた。だが、そのことを知ったひとりの聖仙《リシ》が魔道行者の野望を打ち砕いた。秘儀は破れ、ナタラージャは二本の手首をこの世に残して、再び封じられた」

「そのうちの一本が、ここに飾られていたナタラージャのヴァジュラなのか」

「そうだ」

「カパーラのほうは？」

「存在しているらしいが、所在は不明だ。わしはナンダパラスヴィーから右手首だけを委《ゆだ》ねられた。そして、ナタラージャ教団を興《おこ》した。ナタラージャは破壊神と創造神のふたつの顔を有している。創造神としてのナタラージャは舞踊王だ。われわれは、破壊神を鎮め、舞踊王を讃える」

「ナタラージャのヴァジュラは、ここに飾られていた、とおっしゃいましたね」タロスが言った。

「すると、いまはどこにあるんです」

「いまは、ない」

ザガカールの表情が曇った。グルは視線を落とした。

「ない？」

「盗まれたのだ。何ものかに」

「盗まれたあ？」

リッキーが頓狂《とんきょう》な声を発した。

「四日前のことだ」ザガカールは、おもてをあげた。

「ナタラージャのヴァジュラが、ここから忽然《こつぜん》と失せた。教団は、一か月後に祭りを控えている。バクティでおこなわれる最大の祭りだ。バラモンも信者も、その準備に忙殺されていた」

「犯人の見当は？」

ジョウが訊いた。

「まったくない。バクティは信仰の星だ。警察組織は一応あるが、犯罪らしい犯罪はガンガーの建国以来一度としてなく、捜査能力は皆無に等しかった」

「まさか、ひょっとして、俺《おい》らたちの仕事って」

リッキーが言った。

「取り戻していただきたい。ナタラージャのヴァジュラを」

ザガカールの声が高くなった。

「無理だよ、そんなの」

リッキーは悲鳴をあげる。

「手懸りが、あるんですかい」タロスが言った。

「遺留品とか、怪しげなやつの入国リストとか」

「ひとつだけ」

「あるのか」

ジョウの眉がぴくりと動いた。この仕事は、すでに迷宮に入りかけている。手懸りがなければ、解決は不可能だ。

「重要な手懸りが、われわれには与えられている」ザガカールは言った。「だからこそ、わしはアラミスに人を求めた」

言いながら、ザガカールは首を左手にめぐらした。

バラモンがいた。ホールの隅に。坐して控えていた。

ザガカールは、バラモンに合図を送った。バラモンはうなずき、床に手を伸ばして、指先を細かく動かした。

バラモンの背後であった。礼拝堂の壁だ。白い壁。そこに鮮やかな映像が映しだされた。壁の内部に投影装置が納められているらしい。バラモンが、その装置を操作した。

映像は、曼陀羅《マンダラ》であった。

宗教画の一種である。画面が細かく区切られ、その中に神々の姿が無数に描かれている。

「絵じゃねえか、これ」

リッキーが言った。

「曼陀羅じゃよ」

ザガカールが説明した。曼陀羅とは何かを、クラッシャーに教えた。

「これは宇宙だ」グルは言う。「宇宙が神々の姿であらわされている」

「それで」ジョウが言った。

「手懸りってのは、なんだ」

「この曼陀羅は、バクティの天文台に置かれている」ザガカールは、クラッシャーを見渡した。

「天文台のバラモンが、昨夜、わしのもとに報告してきた。曼陀羅に異変が生じた、と」

「異変」

「曼陀羅の右上だ。神像のひとつが燐光《りんこう》を放っている」

ザガカールは、その位置を指差した。映像は十メートル四方という大きさだが、無数の神々の姿は、それでも豆つぶのように小さい。

四人は必死で目を凝《こ》らした。たしかに、なんとなく光っているらしい神像が、一体だけあった。

「曼陀羅の神々は、現実の宇宙に対応できる」ザガカールは言を継いだ。

「やってみせよう」

映像が変わった。曼陀羅の上にべつの映像が重なった。渦を巻く銀河系の映像であった。

「神々と星々との置換には、法則がある。法則はコンピュータにインプットしてあり、どの星がどの神に対応しているかは、すぐに調べることができる」

「…………」

「あの神は、この星だ」

また映像が変化した。曼陀羅と銀河系が消えて、かわりに立体恒星図が壁一面に浮かびあがった。

五つの惑星が周囲をめぐる、青色巨星だ。第二惑星が赤く点滅している。

「これじゃよ」ザガカールが言った。

「この星の第二惑星に、ナタラージャのヴァジュラは持ちこまれた」

「ちょっと待ってくれ」ジョウはうろたえた。

「これは、なんだ。手品か。これが手懸りだと言われても、こっちは納得できない。仕事を頼む気なら、もっと、まっとうな話を聞かせてくれ」

「これは、まっとうな話だ」ザガカールは、きっぱりと言い切った。

「この曼陀羅と宇宙との対応は、科学的に証明がなされている。数千年もむかしに、どうやってこの曼陀羅の原図がつくられたのかは不明だ。顔料《がんりょう》で描かれた神がなぜ燐光《りんこう》を放つのかも、わかっていない。しかし、理屈はどうでもよい。呈示されているのは、事実だ。われわれは、それを受け入れるほかはないのだ」

「契約に加えてもらえますかな」タロスがふたりのやりとりに割りこんできた。

「この手懸りをもとにして行動した場合は、事件が解決されなくても規定の料金を支払っていただくという一項を」

巨漢のクラッシャーは、上目遣いにグルを見た。

「異存はない」

ザガカールは、うなずいた。

「なんて星だい。これ」

リッキーが訊いた。

「画面の端に記してある」ザガカールは言った。

「やぎ座宙域のダスティーヌだ。第二惑星は、ローデス」

「ええっ！」

リッキーは飛びあがった。飛びあがって目を剝き、全身を硬直させた。

「そ、それってば」震える声で若いクラッシャーは言う。

「俺らの生まれた星だぜ」

ローデス。

ダスティーヌの第二惑星。

ジョウとタロスも、その名を確認した。

間違いない。たしかに、そのとおりである。

かれらは、ここでリッキーを拾った。

第二章　美少女ミミー

1

ビーコンがミネルバを捉えた。

入国申請も受け入れられた。

ステーション〈マジョルカ〉にドッキングせよ、という指示が、管制官から届いた。

〈マジョルカ〉は、ローデスの静止衛星軌道をめぐっている宇宙港ステーションの一基である。自由貿易の拠点《きょてん》として知られているローデスでは、外洋宇宙船による直接地上降下が認められていない。すべての船は軌道上のステーションにドッキングし、そこに繋留《けいりゅう》するよう法律で定められている。禁輸品の持ちこみを阻止するためだ。外洋宇宙船でローデスに着いた乗員、乗客、貨物は、シャトルか搭載艇で地上のエアポートに運ばれる。むろん〈ミネルバ〉のような百メートル級の小型外洋宇宙船といえども、例外ではない。ワープ装置を備えている宇宙船は、船体の大小に関係なく、地上への着陸を許可されないことになっている。

〈ミネルバ〉は、〈マジョルカ〉の第十四桟橋《ブランチ》にドッキングし、繋留された。

四人のクラッシャーは搭載艇を〈ミネルバ〉の格納庫から引きずりだした。〈ミネルバ〉には、二機の搭載艇が積まれている。〈ファイター1〉と〈ファイター2〉だ。ともに全長十四メートルのデルタ翼機で、尾のないエイに似た形状をしている。エンジンは二基。機体上面に赤い飾り文字の〝J〟が描かれている。

四人は検疫《けんえき》と入国審査を済ませ、二機の搭載艇に分乗した。ジョウとアルフィンが〈ファイター1〉に搭乗し、タロスとリッキーは〈ファイター2〉に乗った。〈ミネルバ〉には、ロボットのドンゴを残した。

管制室から上陸許可が下りた。

〈ファイター1〉と〈ファイター2〉は、〈マジョルカ〉を離脱した。

ローデスの周回軌道に入った。螺旋《らせん》状にローデス周囲をめぐり、地表をめざして降下していく。降下地点は、モズポリス国際宇宙空港。ダスティーヌの首都、モズポリスのエアポートである。

「なっつかしいなあ」

通信回路をひらき、リッキーが〈ファイター1〉にコールをかけてきた。大気圏に突入する直前であった。コクピットの通信スクリーンに、リッキーの顔が映った。目が丸く、前歯が大きい。顔一面にそばかすが散っている。

「三年ぶりでしょ。リッキー」

副操縦席にすわるアルフィンが、リッキーの呼びかけに応じた。〈ファイター1〉の操縦桿《かん》は、ジョウが握っている。

「こうやって上から眺めてると、ぜんぜん変わってないぜ」

リッキーが言う。コバルトブルーの惑星が窓外いっぱいに広がっている。色彩が鮮やかだ。蒼い海の中に褐色の大陸と島々が点在し、その輪郭を白い雲がまだらに断ち切っている。

「俺ら、ククルっていうところで育ったんだ」

つぶやくように、リッキーが言った。

「ククル？」

「そう。モズポリスの地下にある」

「どういうこと？」

リッキーの言が、アルフィンには通じない。

「ローデスのモズポリスは、もともとが地下都市だったんだ」

ジョウが脇から口をはさんだ。

「地下都市」

「改造に手間取ったんだろう。大気が安定しないうちに植民がはじまってしまい、あわてて地面に穴を掘って、地下に都市を建設した。地下は、環境コントロールが簡単にできる。それが理由だった」

「ふうん」

「十年くらいかかったのかなあ」リッキーがつづきを引きとった。

「ローデスの大気が安定するのに。安定したら、みんな地下から這《は》いだしちまった。這いだして、地上にモズポリスを建設し直した」

「地下都市は、どうなったの？」

「そのままさ」リッキーは両手を広げた。

「べつに壊す必要はなかったんだ。地下都市は放っておいて、地上に新しい首都をつくった。華《はな》やかで美しい、楽園のような都市を」

「だんだん読めてきたわ」

「お定まりのコースだろ。放置された旧市街のスラム化ってのは」

「自由貿易都市には、あぶない連中が必ず集まってくるしな」

　ジョウが言った。

「よくある話ね」

アルフィンは相槌を打った。

「地下都市は、無法地帯になったんだ」リッキーが話を継いだ。「お尋ね者やギャングが流れこみ、犯罪の巣窟《そうくつ》と化した。殺人なんか、しょっちゅうだったぜ。珍しくもなんともない。住民のほとんどがヤク中で、まっとうに生きてる人間はひとりもいなかった」

「子供は？」

「徒党を組んでかっぱらいさ」リッキーは顔をしかめた。「失敗したら、のたれ死に。俺らも、そうやって暮らしていたんだ。ククルの中で」

「じゃあ、ククルって、その地下都市のことなのね」

「モズポリスという名前を地上に持ってかれちゃっただろ。誰がどうしてそう名づけたのかは知らないけど、名なしってのは不便だぜ。だから、いつの間にかククルと呼ばれるようになっちゃったんだ」

「リッキーったら、すごいところの出身だったのねえ」

アルフィンは、ため息をついた。

犯罪都市ククル。アルフィンには想像もつかない。

アルフィンは、元王女である。ピザンという王国のプリンセスだった。世襲制の王ではなかったが、それでも一国の最高権力者の娘である。宮殿に住み、多くの召使いや侍女に囲まれて育ってきた。

その王女が、ひょんなことからクラッシャーに身を投じた。

一年前のことだ。アルフィンは十六だった。

チームリーダーのジョウに心魅《ひ》かれて、彼女は〈ミネルバ〉に密航した。そして、そのままクラッシャーになった。

雑音が響いた。

強いノイズだった。リッキーの声だ。アルフィンの耳朶《じだ》を激しく打った。

アルフィンは、はっとなった。

あわてて視線をコクピットに向けた。

通信スクリーンのリッキーの顔が、ひどく乱れている。大きく歪み、画像になっていない。

「限界だな」

ジョウが通信回路を閉じた。

機体が大気圏に突入する。高度が急速に下がっていく。

前窓の色が変わった。透明だったのが、真っ黒になった。光が遮断され、視界が失せた。

機体が震えた。震えて、揺れた。

十数秒である。振動は、すぐにおさまった。

〈ファイター1〉が減速した。対地速度がマッハ六にまで落ちた。高度は一万五千メートル。

前窓の色が薄れた。視界が戻り、再び青空がジョウとアルフィンの眼前に甦った。右手前方に〈ファイター2〉の機影が浮かんでいる。

二機の搭載艇は、じりじりと高度を下げた。

機体が、雲を抜けた。外部視界スクリーンのひとつに、エメラルドの海と白茶けた大陸の外縁が映っている。リアス式の入り組んだ海岸線がはっきりと見てとれる。高度は、五千を切った。

ビーコンをキャッチした。

モズポリス国際宇宙空港のビーコンだった。〈ファイター1〉は、すでに標識信号をエアポートに送っている。

さらに高度を下げた。

ビーコンが〈ファイター1〉を誘導する。

着陸態勢に入った。

2

リッキーが、丸い目をいっそう丸くした。

タロスとジョウも、驚いた。

改築されている。モズポリス・エアポートが。外観を一新し、空港の規模を三倍近くに広げている。

堂々たる国際宇宙空港だ。へたな宇宙港よりも敷地に余裕があり、設備が充実している。

〈ファイター1〉と〈ファイター2〉は垂直離着陸機なので、滑走路ではなくヘリポートに降りた。降りるのと同時に、ヘリポートの床が地下に沈んだ。

地下は格納庫になっていた。ジョウたちがしばらく滞在することはもう空港当局に告げてある。だから、二機の搭載艇は自動的にヘリポートから格納庫へと移された。

格納庫で、四人のクラッシャーは機外にでた。自動走路が、空港ビルに向かって流れている。

「ええ違いだぜ。三年前とは」

自動走路に運ばれながら、タロスがうなるように言った。リッキーなどは言葉がでてこない。声を失っている。

三年前は、貧弱な空港であった。滑走路はひび割れており、ヘリポートから空港ビルまでは、数百メートルを徒歩で移動しなければならなかった。ビルもひどく老朽化していた。移民初期の建物だったらしい。タロスが足音高く通路を歩いたら、壁が崩れ、床と柱が悲鳴をあげた。

三年前に、ジョウとタロスはローデスを訪れた。そのときのメンバーは、ふたりのほかには老クラッシャーのガンビーノとロボットのドンゴだけであった。仕事は国会議員に立候補したラミノフという新進政治家の身辺警護で、その仕事を通じて、かれらはローデスがどういう星なのかを知った。

ローデスは腐りきっていた。政界も財界も、汚濁《おだく》した泥水にどっぷりとつかっていた。ローデスを支配しているのは、ギャングだった。もちろん、ダスティーヌという国家は、議会も警察組織も有していたが、それらはローデスのギャングどもに対しては、完全に無力であった。ローデスには自由貿易による富が無尽蔵《むじんぞう》に流れこんでくる。その富を、割拠《かっきょ》するギャングのファミリーが、根こそぎ食いものにする。GDPは、表よりも裏のほうが圧倒的に大きい。

首都モズポリスは、そういったギャングどもの利権争いの中心地であった。縄張りは二分され、対立するふたつの組織が、激しくしのぎを削っていた。

マドック・ザ・キング。

ローデスきっての大ボスである。当時、ククルの富と権力の過半は、かれの手中にあった。

そして、ラダ・シン。

マドックに対抗するもうひとりのボスだ。新市街モズポリスに根を張り、急速にのしてきたローデスの新興勢力の最高幹部である。

組織の規模は、キングの異名を持つマドックのそれのほうが、はるかに巨大で優勢だった。都市としては新しく華やかだが、モズポリスは行政の要《かなめ》であって、商取り引きの本山ではない。悪の果実は、ククルという闇の世界で育ち、収穫される。ローデスにあっては、旧市街――ククルを牛耳《ぎゆうじ》る者こそが、真の支配者なのだ。

ジョウに警護を依頼したラミノフは、マドックと揉《も》めごとを起こしていた。剣呑《けんのん》で、厄介な任務であった。ジョウは選挙期間中、ほぼ完璧《かんぺき》にラミノフを守り抜いた。そして、リッキーというおまけを拾って、ローデスをあとにした。ローデスを去ってから五時間後に、ラミノフは暗殺された。犯人は検挙されなかったと聞く。

「稼いでいやがるぜ。ローデスのギャングどもは」

自動走路の上で、タロスは、ぶつぶつとつぶやきつづけていた。最新の設備が惜しげもなく投入された空港ビルは、他に類を見ない豪華さである。ホログラフィを多用した立体モビールなどには、思わず目を奪われてしまう。

自動走路が終わった。

降りたフロアが、そのままエレベータになっていた。

床が、せりあがった。

空港ビルのロビーめざして、まっすぐに昇りはじめた。

ロビーにでた。

広々としたロビーだった。天井が信じられないほど高い。インテリアの豪華さは、地下通路以上だ。まさに絢爛《けんらん》たるローデスの表玄関である。それに活気があった。人や物が、生き生きと動きまわっていた。物のほうが、人よりも多い。いかにも自由貿易の星らしいきらびやかな雰囲気である。

高級ホテルのそれをも凌駕《りょうが》するロビーの中を、コンテナを満載したホバーカートが縦横に行き交《か》っている。スペースジャケット姿の船員たちがそこかしこから湧いてきて、またいずこかへと消えていく。いささかアンバランスだ。しかし、それなりに調和は保たれている。

ロビーの右手に、カウンターがあった。カウンターのコンソールデスクに向かって、スマートな制服を身につけた空港職員が、何十人と並んでいた。男女の比率は半々くらいだ。ディスプレイに浮かぶ情報を鋭いまなざしでチェックしている。カウンターの向こう側に大きな扉が口をあけており、チェックと同時に、コンテナの貨物がその中に陸続と運びこまれていく。間があかない。

モズポリスは、午前五時だった。一日を有効に使うために、夜明けを狙ってクラッシャーはローデスに降りた。ふつうの空港ならば、ロビーなどは閑散としている時刻である。

だが、モズポリス国際宇宙空港は違った。その殷賑《いんしん》は夜明けのそれではない。白昼のにぎやかさだ。

四人のクラッシャーは、ロビーの隅に立っていた。

立って、ただ呆然とロビーの様子を眺めている。

その場にとどまっている気はなかった。

とにかく、どこかに行きたかった。

が。

歩きはじめても、その足がいつしか止まってしまう。活気に圧倒され、身動きができなくなる。

こんなことは、かつてない。

「まいったな」タロスが口をひらいた。

「どうしましょう。これから」

腕を組んで、ジョウを見た。

「探すんだ。ナタラージャのヴァジュラを」

ジョウは言った。

「どこで？」

アルフィンが訊いた。

「…………」

ジョウもタロスも口をつぐむ。

「神様の御託宣《ごたくせん》に躍《おど》らされて、ここまできたんだろ」リッキーが言った。

「だったら、行先も神様に訊こうや」

上着のポケットに、指をつっこんだ。

中から小さなアクセサリーのようなものを引きずりだした。

黄金の短剣である。

全長は五センチたらず。刀身は三日月形で湾曲している。刃はついていない。柄《つか》に十センチくらいの紐《ひも》が縛りつけてある。

その紐を人差指と親指とではさんで、リッキーは短剣を眼前にかざした。

「聖なるなんとかって言ってただろ。これさえあれば、大丈夫だよ」

リッキーは言った。言ってから口もとを歪《ゆが》め、自嘲するように笑った。

いかにも、不信心そうな表情であった。

3

短剣は、グル・ザガカールから渡された。

ナタラージャの妻、パールヴァティーの護剣をかたどったものだという。

ザガカールは、この短剣を四人のクラッシャーにひとつずつ渡した。渡して、こう言った。

「ナタラージャは、恐るべき力を有している。その力が封じられていれば、問題はない。だが、もしもナタラージャの力が解き放たれていたら、ぬしらは血にまみれ、アスラの餌食《えじき》となる。忌《い》まわしき死が、ぬしらの身に振りかかってくる」

それがゆえに、とザガカールは短剣をクラッシャーに与えた。ナタラージャを制しうるのは、神妃パールヴァティーのみである。この短剣には、パールヴァティーの魂が宿っている。これを持ち、常に身に帯びていれば、ナタラージャの力は、持主の身を害さない。しかも、ナタラージャの〝気〟を感じたときは、そのことを持主に伝える力も有している。

お笑い草であった。気休めの冗談としか思えなかった。しかし、ザガカールは本気だった。本気でジョウたちの身を案じ、黄金の短剣を用意した。

拒否はできない。しかも、雇い主だ。その意向には、ある程度従っておく必要もある。

結局。

クラッシャーはその短剣をありがたく受け取った。受け取って即座に身につけ、それから神殿を辞した。

「だめだね、こりゃ」

リッキーが、かぶりを振った。

眼前にかざした短剣は、なんの変化も示していない。金色の短剣は、紫色の紐に吊りさげられて、ぶらぶらと揺れている。

リッキーは、短剣をポケットに戻した。

戻して、何か言い継ごうとした。

そのときだった。

「あちい！」

いきなり悲鳴をあげた。目を剝《む》き、髪の毛を逆立てて、飛びあがった。

ポケットの上を両手でおさえて、リッキーはのたうちまわる。

「あちちちち」

ロビーの中央に向かって走りだした。用があって、そうしたのではない。苦痛に耐えかねて、とにかくからだをじたばたと動かした。それが全力疾走になった。

「ぎゃあああああ」

けたたましい絶叫を張りあげて、リッキーが吹っ飛んでいく。

そこへ。

黒い影がきた。

リッキーに向かって、突進してきた。

影はリッキーの反対側からリッキー以上のスピードで走ってきた。

よけきれない。

激突した。

影とリッキーは、折り重なってフロアに落下した。

「きゃん！」

「わっ！」

リッキーが背中から倒れ、影のほうは、その腹の上に落ちた。

「ぼけえ！　どこ見てんのよ」

影が怒鳴った。

上体を起こし、リッキーの胸ぐらをつかんだ。

少女だった。影の正体は。十四歳くらいの女の子。髪を三色に染め分け、さらに頭の右脇で束ねて、整髪料でかちかちに固めている。

「ざけんな！」

リッキーも起きあがった。先手をとられたが、負けてはいない。リッキーは少女の手を払いのけた。

「ぶつかってきたのは、そっちだぞ」

大声で言い返した。

「おだまりっ！」

少女の右手が一閃した。ハム音が小さく響いた。リッキーは胸をうしろにそらした。

光の帯が、リッキーをかすめた。

電磁ナイフ。光の帯は、グリップから伸びている数千度のプラズマだ。プラズマは電磁バリヤーによって封じこめられており、その表面に触れたものをすべて灼《や》き切ってしまう。

「ちくしょう」

リッキーの頭に血が昇った。

電磁ナイフを見たとたんに、怒りが全身を包んだ。

少女は、ただの少女ではない。電磁ナイフを持っている。禁制品だ。一般市民には携帯できない凶悪な武器である。

腰に手をやった。

ホルスターからレイガンを抜こうとした。

いかん！

そう思ったのは、ジョウだった。

やばい、とタロスも思った。アルフィンは「だめ！」と叫んでいた。

三人とも、一部始終を目撃していた。不注意なのは、双方ともだ。どちらにも非がある。罵《ののし》り合うことではない。ましてや電磁ナイフを振りまわし、レイガンを抜くなどというのは論外である。

ジョウが床を蹴った。

タロスが身をひるがえした。

リッキーをつかまえ、少女を制しようとした。

ところが。

かれらよりも早く、ふたりの間に割って入った者がいた。

男が三人。

スペースジャケットを着ている。手に棒状の得物《えもの》を握っている。

三人の男は忽然《こつぜん》とあらわれた。

すさまじい勢いだった。風のように出現した。

いきなり襲いかかった。

少女とリッキーに。

「！」

得物を振りあげ、三人は猛獣の咆哮《ほうこう》のような声を発した。

ぎりぎりだった。まさしく紙一重の差であった。

リッキーが跳びすさった。少女も体をめぐらした。

男たちの得物が、空を切った。

少女とリッキーが、体勢を立て直す。

「あほたれ。あんたのせいよ！　追いつかれちゃったじゃない」

甲高《かんだか》い声で、少女がわめいた。

「知るか、そんなの！」

リッキーも怒鳴る。

「があっ」

三人の男が咆《ほ》えた。咆えて、突っこんできた。

「ちいっ」

少女がきびすを返した。くるりと向きを変え、ダッシュした。

「こら、おい？」

リッキーが、そのあとを追った。少女に逃げられたら、標的がリッキーになる。リッキーは、もともと少女とも三人の男とも関係がない。なのに、巻きこまれて標的にされたのではまぬけの極みである。

少女が疾《はし》る。リッキーが追う。さらにそのあとに、三人の男がつづく。

ホバーカートがいた。貨物を満載して、ロビーのフロアを滑ってきた。

ホバーカートは、少女とリッキーの行手をさえぎった。ちょうどそこがカートのコースになっていた。

「おどきっ」

作業員に向かって、少女が叫んだ。しかし、どけと言われてどけるホバーカートではない。

「はっ！」

少女が飛んだ。ふわりと飛んだ。

カートを越えた。

ほとんど同時だった。リッキーもジャンプした。カートを飛び越えた。

少女は、きれいに着地した。リッキーはバランスを崩した。つまずいて、膝をついた。

「わっ」

声をあげた。

その声に少女が振り返った。

リッキーの目と少女の目が合った。

カートの貨物が吹き飛んだ。轟音を響かせて、ふいに崩れ落ちた。

三人の男は、飛び越えるなどという悠長なまねはしなかった。カートは、積みあげられた貨物で安定が悪い。

体当たりした。

肩口からカートにぶつかり、男たちは車体をひっくり返した。

なだれてくる貨物を、リッキーが転がってかわす。

「ばかやろう！」

作業員がカートのコクピットから飛びだしてきた。からだの大きい、いかにも気の荒そうな作業員である。

作業員は、飛びだすなり、男のひとりに殴《なぐ》りかかった。

男が作業員のパンチを受けた。平然と胸で受けた。

腕を伸ばす。

左手で作業員の顔面を鷲摑《わしづか》みにした。

いやな音がした。鈍い音だった。

作業員の頭がつぶれた。頭蓋《ずがい》があっさりと砕かれた。血と脳漿《のうしょう》が四方に散った。

悲鳴があがった。少女の悲鳴だ。
追いつかれた。リッキーと少女が、あとのふたりに。
少女が電磁ナイフを振りまわす。リッキーが拳《こぶし》を固めて防御の姿勢をとる。
「やめろ！」
声が飛んだ。ジョウの声だった。青い影が少女の眼前を覆った。
男が、得物を構えて少女に迫っている。ジョウは、その前に立ちはだかった。
男はひるまない。
得物を振りおろす。
ジョウが蹴りを放った。目にも止まらぬ電撃の前蹴りだった。
「がっ」
男が呻《うめ》いた。爪先が、みぞおちにめりこんだ。
男はからだをふたつに折った。

4

手応えを感じた。
会心の一撃だった。蹴りが急所をえぐった。

相手がプロレスラーであっても、昏倒《こんとう》する。倒れて、気を失う。
ジョウは、そう思った。
しかし。
男は倒れなかった。
みぞおちを蹴られて、男はからだをふたつに折った。
上体が前後に揺らぎ、呻き声が漏れた。
が。
そこまでだった。
男の動きが止まった。
崩れ落ちる寸前であった。
男は、おもてをあげた。
ジョウを見た。
口もとに、薄い笑いが浮かんでいる。狂気を含んだ双眸が、異様な光を放っている。
総毛立った。
ジョウの背すじが、ぞくりと冷えた。
男が身を起こした。
胸を張り、すっくと立った。

ダメージがない。まったく、ない。

男は、得物を手にしていた。黒い短棒だ。長さは四十センチ強。耳障りな雑音を響かせている。

それが何かを、ジョウは見抜いた。

ショック・バトンだ。

短棒は、カーボン繊維の電極である。数万ボルトという高電圧の場が、棒のまわりに生じている。

打撃を与える必要はない。急所を狙う必要もない。

その高電圧の場に触れるだけで、人は失神する。電撃に弾き飛ばされ、闇の底に深く沈む。

男がショック・バトンを突きだした。無造作な、なにげない動きだった。

ジョウは体をひらいた。ひらいてバトンをかわし、一歩、前に踏みこんだ。

パンチを放った。

渾身《こんしん》の力をこめた。拳を強く握り、体重を思いきりのせた。

右のストレートが、男のあごで炸裂《さくれつ》した。顴骨《かんこつ》の砕ける鈍い衝撃が、ジョウの拳にはっきりと伝わってきた。

男があとじさりする。

大きくのけぞり、両腕が左右に広がる。ショック・バトンが空を切る。

男の肩と頭が弧《こ》を描いた。

前からうしろへ。そして、うしろから前へ。

戻ってきた。男のからだが。

一瞬だった。まばたきするほどの間だ。

その一瞬のうちに、男は体勢を立て直した。

男は平然とジョウの正面に立っている。

まるで、何ごともなかったかのように。

唇の端から鮮血がしたたっていた。かなりの出血だ。あごを伝い、赤いしずくが胸に落ちている。

男の顔はひどく歪んでいた。骨が割れて関節が外れたのだろう。あごが右のほうに傾いて垂れ下がっている。

男が動いた。ゆっくりと歩を進め、ジョウに迫った。

名状しがたい恐怖が、ジョウを捉えた。

「あ、あああ、あ……」

もうひとり、いた。

恐れをなして、身を震わせているクラッシャーが。

ジョウの背後。一、二メートルほど離れた場所だ。

リッキーである。

リッキーは少女を抱き支えていた。

ロビーの真ん中でリッキーと激突した、あの少女だ。髪を三色に染め分けている。

ふたりは言葉を失っていた。ともに目を丸く見ひらき、棒立ちになっている。

リッキーは果敢《かかん》に戦った。

少女とリッキーがふたりの男に追いつかれた。男のひとりは、ジョウに行手をはばまれた。褐色のスペースジャケットを着た、背の高い男だった。

もうひとりは少女に飛びかかった。若い男だ。グレイのスペースジャケットを身につけ、ショック・バトンを右手に携えている。短く刈った髪の前髪だけが不自然に長い。場末のちんぴらといった風情《ふぜい》である。

そのちんぴらが、リッキーをかわし、少女の顔面を狙ってショック・バトンを突きだした。

少女は、電磁ナイフで応戦した。

ショック・バトンと電磁ナイフがからんだ。

火花が散る。

ちんぴらが肩で少女を跳ね飛ばした。

「きゃっ」

少女が転びそうになった。

ちんぴらはショック・バトンを振りかざした。

そのときだった。

リッキーが床を蹴った。

仰向けに身を投げだし、ちんぴらの足もとめがけて猛烈な勢いで滑りこんだ。

不意打ちだった。ちんぴらが前にでようとする。その脛《すね》を、リッキーの足刀が鮮やかに払った。

ちんぴらは宙に躍った。高々と舞い、磨《みが》きあげられた人工石の床へと、後頭部から落下した。

鈍い音が響いた。

致命的な音だった。

運が悪ければ、頭蓋骨が砕けている。よくても、強度の脳震盪《のうしんとう》で気絶する。

そういう音だ。

「へっ」

素早い動きでリッキーが立ちあがった。

立ちあがり、ぱんと手を打って、身軽にきびすを返した。

一丁あがり、といった感じの気取ったしぐさだった。

失神して転がっているはずのちんぴらに目をやった。

「あら?」

リッキーの眉が、ぴくりと跳ねた。

ちんぴらの姿がない。床には、誰も転がってなどいない。

あわてて、横に視線を転じた。

足が見えた。床をしっかりと踏みしめて立っている二本の足。グレイのズボンに、同色のブーツを履《は》いている。

リッキーは視線をあげた。ゆっくりと上に移した。

視野に、顔が入ってきた。若い男だ。額に前髪がはらりとかかっている。

ちんぴらである。リッキーがたったいま、倒したはずの。

ちんぴらは起きあがっていた。起きあがって、リッキーを凝視していた。

冷ややかな目が、リッキーを睨みつけている。

致命傷が、致命傷になっていなかった。ちんぴらは平気だった。気絶どころか、虫に刺されたほどの痛みも、このちんぴらは感じていない。

リッキーは混乱した。

思考が乱れ、からだが動かなくなった。

凝然《ぎょうぜん》と、その場に立ち尽くしている。

ちんぴらが右腕を振りあげた。ショック・バトンがうなっている。不快な雑音が、うるさく耳朶《じだ》を打つ。

「ざけんじゃねえ！」

声がした。

甲高い声だった。

声と一緒に、小柄な人影がちんぴらの背後に出現した。

あの少女だ。

少女は、電磁ナイフを構えていた。上段に構え、目を釣りあげて、いきりたっていた。

怒りで頬が赤い。

ちんぴらが突進してきた。

電磁ナイフが振りおろされる。ちんぴらに向かって、プラズマ・ブレードがまぶしく燦《きらめ》く。

ちんぴらの背中をえぐった。

首の付け根から腰のあたりまでを、高熱プラズマのブレードが、一気に灼き裂いた。

「！」

ちんぴらが、身をよじった。
びくんと伸びあがり、体をななめにひらいた。
ブレードが流れた。少女の力が余った。勢いを殺しきれなかった。
電磁ナイフを正面に突きだしたまま、少女はちんぴらの脇を抜けた。
たたらを踏み、つんのめるように少女は前に進む。
止まれない。
リッキーがいた。
少女の行手に。
電磁ナイフを構えた少女が、リッキーめがけてまっすぐ突っこんでくる。
「わっ」
リッキーは横に逃げた。
間一髪だった。電磁ナイフの切っ先が、リッキーの右肘をかすめた。
リッキーは少女の背後にまわった。
両腕を伸ばし、少女を捕まえた。
うしろから抱きかかえるようにして、少女を止めた。
反動で、ふたりのからだが弧《こ》を描く。
半回転した。

「あっ」

「きゃっ」

声があがった。重なって、あがった。

リッキーと少女の声だ。

血が凍る。

肌が粟立《あわだ》つ。

ちんぴらがいた。ふたりの眼前に。

凝然と立ち、少女とリッキーに鋭い視線を向けている。瞳の光が異様に強い。

電磁ナイフによる少女の一撃は、浅くはなかった。明らかに深手だった。ちんぴらの背中を大きく裂いた。並みの人間ならば、生命すらあやうい。それほどのダメージを少女はちんぴらに与えた。

だが。

ちんぴらは動じていない。苦悶の色すら、顔に浮かべていない。

「あ、あああ、あ……」

ふたりは絶句した。

化物だ。人間じゃない。

心の中で、そう叫んだ。

5

ショック・バトンが水平に疾った。

ジョウは男の腕の下をかいくぐり、相手の懐《ふところ》に飛びこんだ。

恐怖は消えていない。はっきりと残っている。あごが砕けるほどの打撃を浴びながら、まったくひるむことのない相手を敵としているのだ。髪は逆立ち、全身の血が逆流している。

しかし。

ジョウのからだは相手の攻撃に自然に反応した。訓練された肉体は、恐怖に縛られなかった。

ジョウは男に密着した。背の高い男だ。褐色のスペースジャケットを着ている。

ジョウの左腕が、男の右肘をおさえた。関節を逆に把《と》り、大きくひねった。

男が抗《あらが》う。

もう一方の腕でジョウの胴を絞めつけ、膝で股間を蹴ろうとした。

揉《も》み合いになった。ジョウは男のショック・バトンを奪いにかかっている。

ジョウの足が、男の足にからんだ。男はジョウを蹴ることができなくなった。

揉み合いがつづく。どちらも自由には動けない。

膠着《こうちゃく》状態だ。

と。

ふいにジョウの視界が翳《かげ》った。

光がさえぎられ、暗くなった。

誰かが、ジョウの前に立った。足もとに人影が伸びた。

ジョウはおもてをあげた。

濃いブラウンのスペースジャケットが、ジョウの視野の中に飛びこんできた。

血にまみれた手が、ジョウの眼前に突きだされる。

「！」

たったいま、人を屠《ほふ》った手だ。赤い血ばかりではなく、白い脳漿も指先にこびりついている。

ジョウの頬が小さく跳ねた。

もうひとり、いた。

敵が。

カートの作業員を惨殺した男だ。

つぎの獲物に、ジョウを選んだ。

男の目を、ジョウの瞳が捉えた。

狂気のまなざし。褐色のジャケットの男と同じ目だ。

ジョウは動けない。

背すじが、ざわつく。二対一は無理だ。あらたな敵を迎え討つ余裕はない。

手が迫ってきた。大きくひらかれたてのひらが、ジョウの顔面にかぶさってくる。

顔をそむけた。褐色のジャケットの男が、腕に力をこめる。ジョウは、それにも抗せねばならない。

血腥《ちなまぐさ》い指が、ジョウの額に触れた。

「この野郎！」

大音声が轟いた。

空気がびりびりと震えた。

太く猛々《たけだけ》しい声だ。

声と同時だった。

タロスが突っこんできた。

つむじ風。いや、暴風だ。

黒い暴風が、乱戦のただ中に躍りこむ。

タロスは遅れた。ジョウにつづいて走りだしたが、鈍足がたたって、大幅に遅れた。

遅れを取り戻そうと、タロスは必死になった。

途中から弾みがついた。一気に追いついた。

遅れている間に、ジョウが危機に陥っていた。ひとりの男ともつれて身動きがかなわなくなり、その隙を狙って、もうひとりの男がジョウに襲いかかろうとしている。

タロスは、いったん止まるつもりでいた。歩を止め、ふたりの男をまとめて張り倒す。

そう考えていた。

ところが。

スピードに乗ったタロスは減速ができない。

どたどたと走りつづける。

あっという間に、距離が詰まった。

タロスは激突した。

ブラウンジャケットの背中に。

身長は二百九センチ。体重は百三十二キロ。巨体だ。戦車が暴走してきたような状況である。

ブラウンジャケットの男が、吹っ飛んだ。

吹っ飛んで、ジョウと褐色のジャケットの男にぶつかった。

三人が、重なり合って宙を飛ぶ。

その先に、グレイジャケットのちんぴらが立っていた。
三人は、ちんぴらを弾き飛ばした。
さらにその向こうには、少女を抱きかかばうリッキーがいた。
六人が、ひとかたまりになった。
悲鳴と怒号が錯綜《さくそう》した。
床に落下する。
六人まとめて、ひっくり返った。
そこへ。
タロスがきた。
足が止まっていない。まだ走っている。
その行手には。
倒れた六人が、小山になっている。
かわせない。むろん、停止は不可能だ。
と、なると。
あとは飛び越すのみ。
タロスはジャンプした。
両手を広げ、思いきり高く飛んだ。

空中に舞いあがる。

小山の上に達した。

そこで。

失速した。

腹這いの体勢で、タロスは小山に落ちた。落ちて、小山を圧《お》しつぶした。

「ぐえっ」

「ぎゃっ」

あらためて、悲鳴があがる。

七人が、ひとかたまりになった。

「ジョウ！」

アルフィンがきた。

髪を振り乱し、血相を変えている。タロスの肉弾重爆撃を目のあたりにしたのだ。冷静ではいられない。

小山は崩れていた。

七人が、折り重なって倒れている。さしもの襲撃者たちも、すぐには立ちあがれない。

「ジョウ」

アルフィンは、チームリーダーに駆け寄った。

「ジョウ、大丈夫？」

ひざまずき、肩を揺さぶる。

「いちちち」

呻きながら、ジョウは目をあけた。

「ジョウ」

アルフィンはジョウの肩を抱き、支えた。ジョウは上体をゆっくりと起こした。

床の上にすわりこむ。すわりこんで頭に手をやる。うなり声が漏れた。側頭部を打ったらしい。顔を大仰にしかめている。

「たまげたぜ」

タロスも起きあがった。まるで他人事のような物言いである。

「ひでえや」

リッキーの声がつづいた。リッキーは最後まで少女をかばった。自分が下敷きになり、少女をショックから守った。

「何があったの？」

リッキーのからだの蔭から、髪を三色に染め分けた少女の顔が、ひょいと覗いた。

電子音が響いた。

甲高い音だ。幾重にも重なり、ロビー全体に反響《こだま》した。

「なんだい？」

音に耳を向け、リッキーがつぶやいた。

音量が増している。音が近づいてくる。

「だめ。これ！」

いきなり少女が叫んだ。叫んで、立ちあがった。

「警察よ。パトカート。こっちにくるわ！」

電子音はパトカートの緊急警報だった。空港警備の警察官は、専用のカートに乗って、空港内をパトロールしている。それがパトカートだ。

「立って、早く」

少女は腕を把り、リッキーをむりやり立たせた。

「なんだい、いったい？」

タロスが訊いた。

「逃げるの」身をよじり、少女は言った。

「ここの警察はだめ。ラダ・シンの手先よ。捕まるのは、こっちだわ」

「なにい？」

タロスには、少女の言葉が理解できない。

「早く、ぐずぐずしてちゃ、だめ！」

少女はリッキーに向き直った。

表情が真剣だ。声に切実な響きがある。

何か知っている。

ジョウは思った。

この少女は、何かを知っている。

根拠はない。直感だ。

ラダ・シンの手先。少女は、そう言った。

ラダ・シンは、ローデス暗黒街きっての超大物ギャングだ。モズポリスのボスである。

ジョウの体内で、警報が鳴った。クラッシャーとしての経験が鳴らす非常警報だ。

決めた。

断を下した。

警察相手にこそこそと逃げるのは、得策ではない。ましてや、かれらは法律に触れるようなことは何もしていない。この乱闘も、向こうから仕掛けられたのだ。明らかに正当防衛である。

しかし。

ジョウは少女の言を信じた。

信じて、結論に至った。

「よし」ジョウは立ちあがった。

「逃げよう」

低い声で、ぼそりと言った。

「えっ？」

アルフィンが目を丸くした。

「兄貴！」

リッキーは耳を疑った。

「そうですかい」

タロスだけが、大きくうなずいた。

ジョウは足もとに目をやった。

すぐ脇で、四つん這いになったグレイジャケットのちんぴらが、腕を伸ばしてからだを起こそうとしている。

ジョウはちんぴらを蹴った。

渾身の力をこめて、そのあごを蹴り砕いた。

血泡を吹き、ちんぴらは床に沈んだ。

「なるほど」

タロスが感心した。

さっそくチームリーダーに倣《なら》った。

巨漢のクラッシャーの近くには、褐色のジャケットを着た背の高い男が転がっている。

タロスは、その男の首すじに足刀蹴りを叩きこんだ。

首があらぬ角度に折れ曲がり、男はくたりと崩れた。

リッキーは、いつの間にか男たちのひとりからショック・バトンを奪っていた。さすがに手が早い。

リッキーの目の前に、ブラウンジャケットの男が立ちあがった。

絶妙のタイミングである。

リッキーはバトンの先端をブラウンジャケットの額に軽く押し当てた。

火花が散った。

弾けるような音が響き、びくりと跳ねて、男は垂直に飛んだ。

そのまま、まっすぐうしろにひっくり返る。

鈍い音がした。

「こっちよ」

少女がクラッシャーを呼んだ。

視線を向けた。

少女は、もう身をひるがえしている。ひるがえして、走りはじめている。

「待てよ！」

リッキーが動いた。

「素早いな」

ジョウとアルフィンが、それにつづいた。

「せわしいねえ」

タロスが、あたふたとあとを追いかけた。

6

ロビーを横切った。

少女は表玄関に向かっている。

が。

玄関には行きつけなかった。

途中で少女がUターンした。玄関にいた警官が、ロビーの中へと走りこんでくる。少女は、その姿を目ざとく見つけた。

ロビーの奥へと、少女は方向を転じた。

正面にエスカレータがある。

下りだ。地下に降りていく。

少女はエスカレータに飛びこんだ。

四人のクラッシャーは互いに顔を見合わせた。どこへ行くのか、よくわからない。だが、ためらっているひまはなかった。こうなった以上、少女についていくしか道はない。すべては成り行きである。

下りエスカレータに乗った。

乗りながら、ジョウはちらと背後に視線を走らせた。

全身の血が、音をたてて引いた。

追ってくる。スペースジャケットの三人が。

ジョウとタロスの必殺の蹴り。そして、リッキーが揮《ふる》ったショック・バトンも、かれらにはまったく効かなかった。褐色のジャケットの男など、首を九十度近く横に倒して、動きまわっている。

滑稽《こっけい》な姿だが、笑う気にはならない。

あの男は生きているはずがないのだ。

断言できる。

死人だ。

頸骨《けいこつ》が折れている。タロスは殺すつもりで、あの男の首すじを蹴った。頸骨は、たしかに粉砕された。
再び、言い知れぬ恐怖が、ジョウの裡《うち》に湧きあがってきた。
エスカレータを駆け下った。
通路にでた。広い通路だ。左右にスーベニール・ショップが並んでいる。
通路をしばらく走った。
電子音が聞こえた。
前方にパトカートがいる。
すかさず、少女がきびすを返した。
少し戻った。
通路が枝分かれしている。少女はそこで右に折れた。
またエスカレータが出現した。これも、下りだ。しかも、長い。
少女は、説明抜きでエスカレータに乗る。
クラッシャーも、何も問わずに少女の判断に従う。
やはり、駆け下った。タロスが呪《のろ》いの言葉を吐いた。
ロビーほどではないが、わりに広いコンコースに着いた。壁一面に、路線図のような
ものが描かれている。
何かの駅らしい。

少女は速い足取りで、さっさと進む。

行手に無人の改札口が見えてきた。太いパイプが通路を遮断している。乗降する駅でクレジットカードを提示すると、そのナンバーをセンサーが読み取り、あとで料金が口座から自動的に引き落とされる。

少女は、改札口に向かう。

どうやら中に入る気のようだ。

ジョウがクレジットカードをだした。人数とナンバーを読み取らせた。

もう一度、エスカレータを下る。

プラットホームにでた。

銀色の車輌が、乗降車線に進入していた。

ジョウは車輌を一瞥《いちべつ》した。リニアモーターカーだ。

メトロライナーである。

前にローデスにきたときも、これはあった。空港と、もよりの都市を結ぶ地下鉄だ。ただし、乗ったことはない。三年前は、ラミノフが運転手付きのリムジンで送迎してくれた。

プラットホームはにぎわっていた。意外に人が多い。

少女がきょろきょろと何かを探している。

インフォメーション・スクリーンだろう。メトロライナーはノンストップだ。車輛を誤ると、時速八百キロで、とんでもない都市に連れていかれる。

少女の脇にクラッシャーが並んだ。

一緒にスクリーンを探した。

通行人のひとりがすうっとクラッシャーのほうへとやってきた。ダークグリーンのスペースジャケットを着た中年の男だった。空港や宇宙港では、スペースジャケットは珍しくもなんともない。男の動きも自然で、怪しい素振《そぶ》りはなかった。

グリーンジャケットの男が、少女に並んだ。

だしぬけだった。

男が少女の腕をつかんだ。

「あっ」

少女がうろたえた。引きずり倒されそうになって、声をあげた。

つぎの瞬間。

ジョウが動いた。拳《こぶし》を固め、反転した。

その勢いで、パンチを放った。

拳が、男の顔面にヒットした。

さらにタロスとリッキーがくる。

リッキーは、少女の前に立った。タロスは、倒れた男の腹を踏みつけた。

「きゃあ」

べつの悲鳴があたりの空気を震わせた。

背後だ。ジョウたちの。

アルフィンだった。

グリーンジャケットの男に気をとられて、アルフィンがひとりになった。アルフィン自身も、意識が眼前の騒ぎに集中していた。

その隙を衝《つ》かれた。

グレイジャケットのちんぴらである。

ロビーでジョウに蹴られ、顔の下半分を鮮血で真っ赤に染めたちんぴらが、ジョウたちに追いついた。ちんぴらはアルフィンに忍び寄り、うしろから彼女を抱きすくめた。

アルフィンが暴れる。

ちんぴらが、おさえつける。

もつれた。

アルフィンが足を滑らせた。

つまずくように倒れた。

アルフィンの胸の上に、ちんぴらがのしかかった。

のしかかり、あらためて正面から抱きすくめようとした。

そのときだった。

予期せぬことが起こった。

光ったのだ。

アルフィンの胸が。

閃光だった。純白の光。

まばゆく光った。光って、ちんぴらの頭を白く包んだ。

「ぎいい！」

ちんぴらが絶叫した。

すさまじい叫び声だった。苦悶の咆哮《ほうこう》。両手で顔面を覆い、ちんぴらは身をのけぞらせた。

よろよろとアルフィンから離れていく。

「！」

アルフィンは息を呑んだ。

全身が硬直し、思考が空白になった。

てのひらで覆われているちんぴらの顔だ。

アルフィンの視線は、そこに釘づけになっている。

崩れていく。

ぼろぼろと。

ちんぴらの顔が。

皮膚が破れ、肉がはがれる。まるで、腐ったように落ちていく。

頬が裂けた。額が溶けた。

骨が剝きだしになった。

その骨も崩れはじめた。

ぐずぐずと崩れ、顔に穴があく。

眼球が眼窩《がんか》から飛びだした。神経繊維で、だらりと垂れ下がった。

骨がひび割れ、脳漿が噴きだす。その中には、暗褐色の液体が混じっている。

アルフィンは声もない。立ちすくみ、ただ呆然とちんぴらが溶け崩れていくさまを見つめている。

「アルフィン」

ジョウがアルフィンのもとに駆け寄った。

正面に立ち、アルフィンの視線をからだでさえぎった。

アルフィンは凝固していた。

「ちくしょうめ!」

タロスの声が響いた。

ジョウは首をめぐらした。

タロスとグリーンジャケットの男が、激しく揉《も》み合っていた。

逆襲に転じたのだ。グリーンジャケットの男が。

起きあがり、タロスにつかみかかった。ポケットにでも隠してあったのだろう。男はショック・バトンを手にしている。

リッキーと少女が、メトロライナーに向かって走りだした。

リッキーが目でジョウに合図した。

ひとまず、この車輌に。

リッキーの目は、そう言っている。

少女とリッキーがメトロライナーのドアをくぐった。

ジョウはアルフィンを横抱きにした。

手近なドアへと走った。メトロライナーは五輌編成だ。プラットホームの人通りに反して、車内はがらがらにすいている。

タロスがグリーンジャケットの男を殴り倒した。

きびすを返し、メトロライナーに乗ろうとする。

男は立ちあがり、タロスを追う。

ドアの前で格闘になった。

一方的な格闘だった。タロスが男を滅多打ちにして、メトロライナーに飛びこんだ。男が這うようにして追いすがる。

それをタロスが蹴り飛ばす。

ドアが閉まった。

男の鼻先で、ぴしゃりと閉じた。

メトロライナーが動きだした。

なめらかな発進だった。ショックはまったくない。音もない。窓の外の景色だけがとつぜんすごい勢いで流れはじめた。

シートのバックレストに手を置き、タロスはぜいぜいとあえいだ。

「なんだ、くそったれ。罰当《ばちあ》たりの三下野郎。ふざけるなよ」

呼吸の合間に、あらん限りの悪罵《あくば》をタロスは吐きだしている。

ジョウは、アルフィンの様子を観察していた。

アルフィンの凝固は、まだ解けていない。目を見ひらいて、四肢をこわばらせている。まばたきもしない。

ジョウはアルフィンをシートの端にすわらせ、自分はひざまずいて、彼女の顔を覗きこんだ。

「これよ」

ふいにアルフィンが言葉を発した。

発して、右腕を振りあげた。

ちょうどジョウが彼女の顔を覗きこんだときだった。ジョウはうろたえた。うろたえて身を引き、アルフィンから離れた。

「これだわ、ジョウ」

アルフィンは上着の胸ポケットに、振りあげた右手の指を差しこんだ。

爪の先で紐をはさみ、三日月形の小さな宝剣を取りだした。

「光を放ったのは、これよ」

アルフィンは言う。

放心状態は瞬時に脱したらしい。いまは、コバルトの瞳がジョウをまっすぐに捉《とら》えている。

「これがあ？」

声を聞きつけて、リッキーが割りこんできた。ジョウとアルフィンの間に立ち、首をかしげて、黄金の短剣とアルフィンとを交互に見た。

「間違いないわ」アルフィンは、きっぱりと言った。

「これが、あたしを守ってくれたのよ」

ジョウは思いだした。

グル・ザガカールの言葉を。

「これを持ち、常に身に帯びていれば、ナタラージャの力は、持主の身を害さない」

では。

あの化物どもは、ナタラージャの力で。

「あっ！」

声があがった。

少女の声だ。

四人のクラッシャーは、いっせいに首をめぐらした。

少女がシートの上で顔色を失っていた。窓外に目をやり、頬をひきつらせていた。

「どうした？」

ジョウが訊いた。

「これ、違う」震える声で、少女は言った。

「これは、スーサイダーよ。モズポリス行きじゃない」

車輛の床を指差した。

スーサイダー。

自殺特急。

正式の名称ではない。メトロライナーの一路線につけられた忌《い》まわしい綽名《あだな》である。
スーサイダーはククルに行く。
地獄の直行便だ。

第三章　無法の街

1

ドアの上に小さな赤い丸が描かれている。

路線マークだ。この印が、メトロライナーの行先を示す。

赤い丸はククル行きだ。スーサイダーと呼ばれている。

「だめよ。あたしたち」少女の肩が落ちた。

「ククルへ着いたら、おしまいだわ」

ゆっくりと、かぶりを振った。

「どういうことだ？　おしまいってのは」

タロスが首をかしげた。かしげながら眉根にしわを寄せ、かたわらに立つリッキーに視線を向ける。

8805

「ククルを怖がってるんだよ」リッキーは、タロスの顔を見あげた。

「なんたって、銀河系きっての無法都市だかんね、ククルは。モズポリスの連中なんか、名前すら口にださない。たいしたこと、ないんだけどさ。トワイライト・ゾーンまでだったら」

「トワイライト・ゾーン？」

アルフィンがつぶやいた。リッキーの言葉の意味が、アルフィンにはわからない。

「ククルとモズポリスの境目さ。モズポリスを地上に移したときに、一緒につくったんだ」

「ターミナルってやつだな。地上と地下の」

リッキーの言をタロスが補足する。

「そう。そんな感じ」

リッキーは大きくうなずいた。

トワイライト・ゾーンは、モズポリスの地下第一層である。そして、ククルの最上層でもある。行政上ではモズポリスに属しているが、しかし、実際にそこを仕切っているのはククルのボスだ。

ローデスの首都には、ふたつの顔がある。表の顔がモズポリス。裏の顔がククル。ふたつの顔は、トワイライト・ゾーンでつながっている。

ククルに巣食っている非合法組織は、モズポリスの組織を通じて外の世界と商売するために、トワイライト・ゾーンに出店を置いた。

出店は合法的な企業だ。商社やドラッグ・ストアなどの仮面をかぶり、平和な街のたたずまいを維持して裏の世界の毒を表に流し、その見返りに巨額の富を得る。

トワイライト・ゾーンはククルの交易所だ。交易所にはにぎわいが要《い》る。たとえ見せかけであっても平穏が必要とされる。

スーサイダーの終着駅は、トワイライト・ゾーンにある。空港から首都に向かうメトロライナーは計画段階で二系統に分かれた。

途中でいくつかの駅を経由するモズポリス路線。

トワイライト・ゾーンにノンストップで直行するククル路線。

トワイライト・ゾーンはククルの玄関である。玄関までは誰でも行ける。堅気《かたぎ》であろうと、ギャングであろうと、身分は関係ない。属している組織も不問とされる。トワイライト・ゾーンを訪れる者は、ククルの客だ。客は、絶対に粗末には扱われない。そして、むろん身内として遇されることもない。

「だから、スーサイダーといったって、そんなに怯《おび》えることはないのさ」リッキーは言う。

「スーサイダーが着くのは、トワイライト・ゾーンだし、そっからモズポリスに行くのだって、簡単にできる。平気だよ。俺《おい》らなんて、庭同然に歩きまわるぜ」

「ふうん」アルフィンが手を打った。

「そうなってるんだ。ククルって」

「おめでたいわね。あんたたち」

冷たい声が、リッキーとアルフィンのやりとりをさえぎった。

「勝手に勘違いして、えらそうに能書きを垂れている」

少女だった。少女の目が、リッキーを鋭く睨みつけている。

「勘違い？」

リッキーはきょとんとなった。

「言っとくけどね、坊や」少女はシートから立ちあがった。

「あたしだってククル育ちよ。ククルがどういうとこか、わざわざ聞かされなくたって知っているわ」

「知ってるなら、知ってるようにふるまえよ」リッキーは言い返した。

「なんでえ。スーサイダーだからってびびっちゃってるくせに」

「そんなんじゃないわ！」

少女は叫んだ。

「だったら、なんだよ？」

「ククルは、やばいの」

「やばかったら、トワイライト・ゾーンからモズポリスに逃げこみゃいいだろ。通路なら、いっぱいあるぜ」

「逃げられるんなら、逃げるわ」

「逃げなよ」

「だめ。ラダ・シンが許さない！」

「ラダ・シン？」

リッキーの目が丸くなった。意外な名が、いきなり少女の口から飛びだした。

「あ」

少女は口をおさえた。おさえて、目を伏せた。

「わけがあるな」アルフィンの前でひざまずいていたジョウが、腰をあげた。

「さっきの連中も、ただ者じゃなかった。そういう連中に、あんたは襲われていたんだ」

ジョウは少女に向かって言った。

「話してくれ、そっちの事情を。何がどうなっているんだ？」

「…………」

少女は答えない。

「ラダ・シンが関係しているのか？」

ジョウは、さらに問う。

「…………」

「俺たちは敵じゃないぜ」

「ラダ・シンは、あたしを狙っているの」

ややあって、少女はぽつりと言った。

「狙っている？」

「あたしの名はミムメリア。みんなミミーって呼ぶわ」

「…………」

「ミムメリア・マドック」少女はつづけた。

「ククルのキングが、あたしのパパよ」

「！」

絶句した。

ジョウも、タロスも、アルフィンも、リッキーも。

声がない。

マドック・ザ・キングの娘。

いまかれらの眼前にいる、髪を三色に染め分けた少女が。

髪は頭の右側でひとつにまとめられ、整髪料で針のように固められていて放射状にひらいている。身につけているのは、セパレートのレオタードだ。トップは右がタンクトップで、左がショートスリーブ。ボトムのスパッツは、右脚だけがレギンスタイプになっている。左脚は素脚である。いわゆるワンレッガーと呼ばれるスタイルだ。色は鮮やかなオレンジ。ピアスにネックレス、そしてブレスレットにアンクレットと、からだじゅうにアクセサリーがぶらさがっている。腰のホルスターは電磁ナイフのそれだ。ホルスターも先の尖《とが》った金属鋲《びょう》で飾られている。

「なに、じろじろ見てんのよ」

眉を吊りあげて、ふいにミミーが言った。声を失った四人のクラッシャーは、知らず少女の顔を無言で凝視していた。

ミミーの一喝《いっかつ》で、四人は我に返った。

「マドックの娘」ジョウが口をひらいた。

「そいつは本当か？」

「本当よ。証明書は持ってないけど」

肩をすくめ、ミミーは口の端に照れたような微笑みを浮かべた。

「マドックはククルの支配者だぞ」

タロスが言った。

「支配者だったわ」

低い声で、ミミーは応じた。

「だった？」

「ラダ・シンがククルを奪った」少女の表情が険しくなった。

「だから、あたしはククルから脱出しなきゃなんなかった」

「………………」

またクラッシャーは、言葉を失した。

制動がかかった。

スーサイダーが減速している。

メトロライナーは最高速度八百キロで疾駆する。空港からトワイライト・ゾーンまでは、わずか七分だ。

窓外が明るくなった。チューブの壁が発光パネルに変わった。

まもなく到着する。

ククルに。

「いま、ククルを支配しているのは、ラダ・シンよ」ミミーが言った。

「パパじゃないわ」

「本当にスーサイダーになりそうだな」

タロスがつぶやいた。

まるで他人事のような口調だった。

2

ミミーの言葉は、嘘ではなかった。

タロスの予感も、的中していた。

メトロライナーから降りてすぐに、それがわかった。

車輛が空《から》になるのと同時に、ドアが閉まった。空港行きの客を乗せようとしない。メトロライナーは単線だ。到着した車輛が、空港に折り返す。

プラットホームにアナウンスが響いた。

「メトロライナー自動運行制御装置に故障が発見されました」女性の声が、やわらかく言う。「調査と修理のため、メトロライナーの運転はしばらく中止されます。復旧の見こみはたっておりません。繰り返します……」

「止めやがった」うなるようにタロスが言った。

「これで島流しだ。空港には戻れねえ」

「嘘よ。故障なんて」

ミミーが言った。

「わかってらあ」

タロスは、ぐるりと周囲を見まわした。

メトロライナーのククルステーション。

いかにも無法都市にふさわしい雰囲気《ふんいき》の駅だ。

デザインはけっして悪くない。シンプルな造りで、カラーリングも洗練されている。曲線を主体にしており、壁はすべて発光パネルになっている。

しかし。

デザイナーの意図は完璧に踏みにじられた。

発光パネルは、その用を果たしていない。ペンキで落書きがなされ、さらに一部にはレイガンで灼《や》かれたあともある。ひび割れて、機能を停止しているパネルも少なくない。

プラットホームも傷だらけだ。床に穴があき、シートや表示パネルはねじ曲げられて、天井からはファイバーケーブルが垂れさがっている。

薄暗い。

無惨だ。

陰鬱《いんうつ》な光景である。

改札口があった。右手の奥だ。

改札口は閉じていた。出入口いずれもだ。メトロライナーの乗客は、乗車するときにクレジットカードで料金を支払っている。出口は、本来フリーのはずだ。

プラットホームには人影があった。ぼんやりとしたほのかな光の中に、ざっと二十人あまりが散在している。全員が男だ。スペースジャケットを着た者もいれば、原色のシャツにパンツという派手な服装の者もいる。女性はひとりもいない。

「感じますかい？」

タロスが訊いた。

「感じるぜ」

「なんなの？」

アルフィンがジョウの顔を覗きこむように見る。

「殺気だ」抑えた声で、ジョウは言った。

「殺気が充満している」

空気がざわついた。

殺意が波打った。

男たちが動いた。思い思いの姿勢をとっていた二十余人の男たちが、いっせいに動き、きびすを返した。

視線が、ミミーとクラッシャーに集中した。

鋭い視線だ。敵意が、はっきりと伝わってくる。

男たちは、武器を手にしていた。

ショック・バトン。レイガン。パラライザー。

大部分が、殺傷兵器ではない。レイガンを携《たずさ》えているのは、数人だ。あとはみな捕獲用の武器を持っている。レイガンにしても、パワーを最小に絞ってあるのだろう。かれらは誰かを誘拐しろという命令を受けている。誰かとは、もちろんミミーだ。マドック・ザ・キングの娘を攫《さら》うために、かれらはここでメトロライナーの到着を待っていた。

男たちは、四人のクラッシャーとミミーを包囲した。

ジョウがアルフィンの前に立つ。リッキーも、さりげなくミミーの脇に移動した。ミミーは生意気で騒がしい不良娘だ。リッキーはさんざん毒づかれ、馬鹿にされてきた。わざわざ彼女の面倒をみるいわれはない。しかし、クラッシャーとしての訓練と、男としての自意識が、リッキーにそういった行動をとらせた。背伸びしているが、ミミーは十三、四の子供だ。そして、顔立ちが意外に愛らしい。

「おもしれえや」タロスがにやりと笑った。

「ここにいるのは、敵だけだぜ」

「リッキー」ジョウが言った。

「今度は、本気で歓迎に応えるぞ」

「まかしときな」リッキーは、もうホルスターに手を置いている。

「ククルじゃ、何が起きたって、おかしくないんだ」

身構えた。まわりに敵しかいないということは、他人を巻き添えにする心配がないということだ。

包囲の網が、せばまった。

クラッシャーとミミーは、メトロライナーを背にして、プラットホームの端に立っている。

一気に迫ってきた。

二十余人の男たちが。

武器を振りかざし、急速に間合いを詰めた。

ジョウの手が胸もとに走った。

上着のボタンを引きはがした。

クラッシャーは、専用のウェアを着用している。クラッシュジャケット。ウェアは、そう呼ばれている。ドルロイの特注品で、ブーツと一体になったシルバー地のボトムと、ブルゾン・シルエットの上着とに分かれている。素材は防弾、耐熱で機密性に優れており、上着の裾《すそ》をボトムに密着させ、襟《えり》を閉じてヘルメットをかぶると簡易宇宙服にもなる。

クラッシュジャケットの上着には、飾りボタンが装着されていた。ボタンは、しかし、ただの飾りではない。アートフラッシュ――強酸化触媒ポリマーの塊《かたまり》だ。はがして投ずれば炎を発し、石であろうと金属であろうと、灰も残さず灼き尽くす。

ジョウは、アートフラッシュを投げた。

男たちが攻撃を仕掛けようとした、その刹那《せつな》だった。

強酸化触媒ポリマーが男たちの足もとに叩きつけられた。

音をあげて、炎が広がった。

プラットホームが燃えあがる。ごうと咆《ほ》えて、火炎が爆発する。

乱舞する炎が、男たちの何人かを瞬時に包んだ。

あらたなアートフラッシュが飛ぶ。

ジョウは左手の一群を狙った。狙って、四個のアートフラッシュを放った。

火球が連続して噴出した。

紅蓮《ぐれん》の炎が、あたりを染める。

大火災になった。火災の壁がプラットホームに生じた。

と、同時に。

クラッシャーが動いた。床を蹴り、右手に疾《はし》った。

タロスがレイガンを抜く。リッキーはトリガーを引き絞る。

光条が錯綜《さくそう》した。

アートフラッシュの直撃を免れた男たちが、右手に固まっていた。かれらが、クラッシャーの標的となった。

レイガンの光条が、男たちを薙《な》ぎ倒す。

タロスが突進した。レイガンを乱射し、左の拳で、あごを叩き割る。

包囲の網が、ずたずたに裂けた。

ジョウとアルフィンがタロスにつづいた。そのあとをミミーが追う。リッキーはしんがりだ。上体をよじってレイガンを背後に向け、踊り狂う炎をかいくぐってくる敵を片はしから狙い撃つ。

警報がけたたましく鳴り響いた。

自動消火装置が作動した。

天井に埋めこまれていたノズルから、消火ガスが噴きだした。しかし、アートフラッシュの炎に、ガスは効かない。強酸化触媒ポリマーが尽きれば自然におさまるが、それまでは、水をかけようが空気を遮断しようが、アートフラッシュの炎は絶対に消えない。

「なんてことすんの」

走りながら、ミミーがあきれている。火災は壁を伝い、天井へと移りつつある。

敵の包囲網が、完全に崩れた。
タロスは十人近い男たちを、レイガンと腕力とで蹴散らした。
クラッシャーとミミーは、改札口に向かう。
人影が見える。
改札口の向こうだ。
駅員か、火災を知って駆けつけた消防隊かと思ったが、そうではない。
敵だ。
新手だ。
武装している。
ジョウが、さらにアートフラッシュを引きちぎった。
まとめて、改札口に投げつけた。
ゲートが炎上する。
「わあっ!」
悲鳴があがった。
リッキーの悲鳴だ。
タロスとジョウが首をめぐらした。
炎の塊が迫っていた。

リッキーに。

ミミーと一緒に、リッキーが逃げまどっている。

男だ。炎の塊の正体は。激しい火炎に灼かれながら、男は平然と動いている。

リッキーの放つレイガンの光条が、炎の中の男を灼き裂いた。

倒れない。

ひるまない。

男はリッキーを追いまわす。

同類だ。空港にいた化物の。

「ちいっ」

タロスが舌打ちした。舌打ちして、身をひるがえした。

3

「ちくしょう、こら、くるな！」

リッキーが、わめき散らす。

手足を盛んに振りまわし、炎に包まれて前進してくる化物相手に、必死の防戦をおこなっている。ミミーをかばっているのだろう。彼女の前から離れようとしない。

「俺にまかせろ」

ふいに黒い影がリッキーの視野を覆った。

タロスだ。

タロスが飛びこんできた。化物とリッキーとの間に。

「ジョウを追え！」

タロスは怒鳴った。怒鳴りながら、炎の塊めがけて強烈な蹴りを放った。防弾耐熱のクラッシュジャケットを着ている上に、タロスは全身の八割を機械化したサイボーグだ。燃えさかる化物を蹴とばすくらいは、なんでもない。

化物が吹っ飛んだ。蹴りは胸もとをえぐり、炎の塊は五メートルも宙を舞った。

タロスは、きびすをめぐらす。

改札口に目をやった。

ジョウ、アルフィンにつづいて、リッキーとミミーがアートフラッシュで灼かれたゲートを突破しようとしている。

ゲートのまわりには、あらたな敵がわらわらと集まってきていた。ジョウとアルフィンがホルスターからレイガンを抜いた。

応戦する。

光線が乱れ飛んだ。火花が散り、悲鳴と怒号が駅の構内に反響した。

リッキーが自分のアートフラッシュをむしりとり、敵に向かって投げつけた。火球が広がった。

タロスがきた。ジョウの脇に並んだ。ジョウはレイガンを撃ちまくっている。

「出口はあっちよ」ミミーが左手を指差した。

「エスカレータがあって、そこを昇ると出口。トワイライト・ゾーンのメイン・ストリートにでられるわ」

早口で言った。

かれらがいまいるのは、駅のコンコースだ。ここから脱出してトワイライト・ゾーンの〝街〟に飛びだせば、身を隠すすべもある。ミミーは、そう言っている。

左手は、ちょうどリッキーがアートフラッシュを投げた方角だった。そのあたりは火の海になっている。

「けっこうな趣向だぜ」

タロスがつぶやいた。出口に向かうとなれば、火の海の中を突っきらねばならない。

「ちえ」

リッキーは肩をすくめる。

「問題は、この子だ」タロスはミミーを見た。

「ちょいと我慢しな」

いきなりミミーのからだをかかえあげた。

「きゃっ」

ミミーは驚いて声をあげる。

タロスがジョウに目くばせした。ジョウは小さくうなずいた。

「行くぞ」

ジョウが言った。

言うなり、行動に移った。

レイガンを構え、燃えさかる炎にひらりと飛びこんだ。

アルフィンもチームリーダーに倣《なら》う。

「援護しろよー」

タロスはリッキーに向かって叫んだ。

かかえあげていたミミーのからだを両腕で頭上に差しあげた。ミミーはクラッシュジャケットを着ていない。炎に巻かれたら一気に火だるまになる。

ミミーを差しあげたまま、タロスが炎の中に入った。比較的、火勢の弱い場所を選んだが、それでも膝から腰のあたりまで火炎が躍っている。

リッキーはタロスの真うしろについた。頭上に掲げられたミミーは絶好の標的だ。両腕が使えないタロスも、完全に無防備である。

リッキーはレイガンの光条で周囲を灼きまくった。とにかく敵に狙いをつけさせない。あたりかまわず光線で薙《な》ぎ払う。

炎の壁を突破した。一条だけ敵の光条がタロスの肩をかすめたが、あとはリッキーが攻撃を抑えきった。

ジョウとアルフィンがエスカレータの昇り口を制圧していた。レイガンで撃ち倒されたのだろう。スペースジャケット姿の男が四、五人、武器を手にして床に転がっている。

「こっちよ」

アルフィンが手を挙げた。

タロスはミミーを降ろそうとする。

そのとき。

転がっていた男のひとりが、いきなりむくりと身を起こした。

アルフィンの足もとだ。

腕を伸ばし、アルフィンの足首をつかんだ。

「！」

アルフィンが棒立ちになる。

男は生者ではなかった。レイガンに灼かれ、顔面の半分が黒焦げになっていた。

それでも男は動き、立ち、アルフィンを襲う。

ゾンビ。

死してなお蠢《うごめ》き、人に害をなす伝説の悪鬼。

ジョウが異変に気づいた。

振り向き、アルフィンに向かってダッシュした。

「預かれ！」

タロスは途中まで降ろしかけていたミミーのからだを、リッキーに向かって放り投げた。

「わっ」

ミミーは細身だが、身長はリッキーよりも高い。

だしぬけにミミーを投げ渡されて、リッキーはあせった。必死でキャッチし、抱きかかえて両足で踏んばった。

重い。

よろよろと、よろける。

ジョウがゾンビの前に立った。

タロスはレイガンを構えた。

ジョウのキックが、ゾンビのあごに炸裂《さくれつ》する。

同時に、アルフィンの足首を握っているゾンビの手首を、タロスがレイガンで灼き切った。

ゾンビのからだがのけぞった。手首がちぎれ、ゾンビは弧を描いて、仰向けにひっくり返った。

タロスがゾンビに駆け寄る。ゾンビはダメージを受けていない。四肢をばたつかせ、起きあがろうともがいている。

ゾンビの腕をタロスはつかんだ。持ちあげ、ハンマーのように振って、投げ捨てた。

ゾンビが火の海に落下する。紅蓮の炎が、そのからだをぱくりと呑みこむ。

ジョウが炭化した手首をアルフィンの足からこじりとった。

「ひどいよ、タロス」

ミミーと並んでやってきたリッキーが文句を言った。

「うるせえ」

タロスは抗議を一蹴《いっしゅう》した。

ミミーと四人のクラッシャーは、エスカレータを駆け登った。あとを追ってくる男が二、三人いたが、リッキーがレイガンで撃ち倒した。

外にでた。

外といっても、地上ではない。やはり地下である。モズポリスの真下だ。ククルは直径およそ百メートルの中央シャフトを中心にして地下都市が形成されている。したがって、街の形状は、上から見るとドーナツ形になる。真ん中の穴が、中央シャフトだ。トワイライト・ゾーンも、例外ではない。

〝街〟は、意外に整然としていた。天井が発光パネルになっているらしい。一面が白く輝いている。光量は十分だ。真昼のように明るい。どこかに、よほど強力なエネルギー供給源があるのだろう。

街なみは、地上のそれとほとんど同じだった。違うのは、ビルの屋上が地下の天井と接していることだ。ビルは二十階建てくらいの高さがあり、天井があることからくる圧迫感はほとんど感じられない。

「急いでよ」

ミミーが言った。街にでてからは、彼女が主導権を握った。先に立ち、クラッシャーを誘導した。

自動走路を走り抜け、歩道に移った。

早朝で、人通りは少ない。しかし、環境的には夜も昼もない地下都市だ。予想を超える数の人びとが、歩道を行き交っている。ここには、クラッシャーやミミーに襲いかかる剣呑《けんのん》な連中はいない。

「こっち」

ふいにミミーが、細い路地に飛びこんだ。いまはシャッターが降りているが、その路地はマーケットになっているらしい。小さな店が、ぎっしりと軒を並べている。時間になれば、いっせいに店があき、路地は人波で埋め尽くされる。

「早く！」

一軒の店のシャッターをミミーが手動であけた。ロックのパスワードを知っている。壁の隅に隠されていたテンキーを叩き、ミミーは警報装置を解除した。

店の中に入った。

真っ暗ではないが、かなり暗い。帯状のささやかな照明が、あたりをほのかに照らしだしている。

奥へ進んだ。わけがわからないが、こうなったら、とことん付き合うほかはない。クラッシャーも、ミミーと一緒に薄闇の中を突き進んだ。

迷路だった。

登り、下り、曲がり、折れ、そして、また登る。

「なんだ、こりゃ」

タロスがあきれた。

「ここの建物は、みんなつながっているのよ」ミミーが説明した。「岩盤を掘ってつくったから、通路が適当にできちゃったの」

「蟻《あり》の巣だな」

「そうね」

ミミーは認めた。

小一時間も歩きまわっただろうか。

いいかげんうんざりしたころに、通路が終わった。

がらんとした空間にでた。がらんとしているが、広さは判然としない。

闇が濃いのだ。その空間は。

視界は、やっと数メートルほどしかない。

「着いたわ」

はあはあと息をはずませながら、ミミーが言った。さすがに、これだけ歩けば、肩で息をするようになる。

ミミーは、その場にすわりこんだ。

「とりあえず休みましょ」

クラッシャーに向かい、言った。

「やれやれ」

どさっとタロスがへたりこむようにすわった。

「足が、がたがただよ」

リッキーも腰を降ろした。

ジョウとアルフィンがすわろうとしない。

ジョウは立ったまま、周囲に目をやっている。アルフィンは、その横に並んでいる。

「あんたたち」ミミーが、また口をひらいた。

「クラッシャーでしょ」

低い声で、そう言った。

闇の中で、瞳が鋭く炯《ひか》っている。

その瞳を見て、ジョウは思いだした。

ミムメリア。愛称はミミー。

マドック・ザ・キングの娘である。

4

短い沈黙の時が流れた。

しばらくは、誰も言葉を発しようとはしなかった。

ややあって。

「どうして、わかったんだい？　俺《おい》らたちがクラッシャーだって」

リッキーが言った。

「誰だって、わかるわよ。その恰好を見れば」

ミミーはリッキーに向かってあごをしゃくった。

クラッシュジャケットのことだ。リッキーがライトグリーン。ジョウがブルー。タロスがブラック。そして、アルフィンがレッド。上着の色こそ異なっているが、デザインはみな同じである。知っている者が見れば、身分は一目瞭然《いちもくりようぜん》だ。

「看板背負って歩いてるみたいね」

ミミーは言う。

「前にクラッシャーに会ったことがあるのかな？」

ジョウが訊いた。

「三年前だわ」

ミミーは小首をかしげた。

「そう、あたし十一歳だった」右手の指を頬にあて、彼女は言った。

「ラミノフってちんぴらがいて、そいつがボディガードがわりにクラッシャーを雇ったの。あいつったら、パパに逆らって国会議員なんかに立候補したのよ。それでやばくなっちゃって、クラッシャー評議会に泣きついた。おかげでパパは手痛い目に遭《あ》ったわ。トップクラスのヒットマンを五人も返り討ちにされちゃって。大騒ぎだった。そのときよ。あたしがクラッシャーを見たのは。ちらりとだけど」

「おもしれえや」タロスが言った。

「奇遇《きぐう》ってのは、本当にあるんだな」

「どういうこと。それ？」

ミミーの表情にいぶかしげな色が生じた。

「俺たちだってことさ」ジョウが言った。

「ラミノフを護衛していたクラッシャー」

「嘘でしょ」

ミミーの目が丸くなった。淡い茶色の瞳が、くるりと回転するように動いた。

「嘘じゃない」ジョウは、にやりと笑った。

「メンバーは入れ替わっているが、そのクラッシャーは俺のチームだ。俺たちが三週間にわたって、ラミノフをガードした」

「………」

「信じないかい？」

「う、ううん」ミミーは首を左右に振った。

「びっくりしただけよ。ちょっとね」

それから、ミミーはあらためて四人のクラッシャーの顔をひとりずつ眺めまわした。

「そうなんだ」ミミーはうなずいた。うなずきながら言った。

「あんたたちだったんだ」

「ああ」

ジョウが応える。

「じゃあ、腕っこきなのね、あんたたち」

ミミーは言った。

「あたぼうよ」ジョウの足もとで、リッキーが胸を張った。

「俺らたち、みんな特Aクラスのクラッシャーだぜ」

「ふうん」ミミーは小さく唇を尖らせた。

「でも、例外もいるみたい」

リッキーに視線を向け、肩をすくめた。

「鋭い。大当たりだ！」

すかさず、タロスが大声をあげた。

「なんだよお！」

リッキーが顔を真っ赤に染め、色をなした。

腰を浮かせ、タロスとミミーを交互に睨みつける。

「うるせえなあ」

声がした。

だしぬけだった。あらぬ方角。闇の奥からふいに響いてきた。

「騒ぐんじゃねえよ！」

男の声だ。語尾がはっきりしない。舌がもつれている。

誰かが、ここにいる。すぐ近くだ。濃い闇の底にひそんでいる。

間髪を容《い》れなかった。

ジョウが動いた。

タロス、リッキー、そしてアルフィンも即座に反応した。思考よりも行動が先だった。立ちっぱなしのジョウとアルフィンは、声のしたほうに向かって瞬時に体をひるがえした。ひるがえして腰を低く落とし、レイガンのグリップをつかんだ。床にすわりこんでいたタロスとリッキーは、上体を前に倒して身を伏せた。むろん右手はレイガンの銃把《じゅうは》をしっかりと握る。安全装置も解除した。

ミミーひとりが取り残された。きょとんとし、あぐらをかいたまま、その場にすわりこんでいた。

クラッシャーは臨戦態勢をつくった。闇のかなたに瞳を凝《こ》らし、呼吸を鎮《しず》めて正体不明の相手の出方をうかがった。

深い静寂が、あたりを冷たく包んだ。

あまりに静かで、きいんと耳鳴りがする。

と。

音が聞こえてきた。

何かをひきずるような耳障りな音だった。

その音に、平たいもので床を叩くぺたぺたといった感じの甲高い音が混じった。

足音だ。

裸足《はだし》で床を進む音。

何ものかが、こちらに向かって歩いてくる。それも、ひとりではない。複数だ。音が反響《こだま》し、幾重にも重なっている。

いきなり。

光が出現した。

ぼおっと輝く、青い光だった。

四人のクラッシャーが、いっせいにホルスターからレイガンを抜いた。

照準を青い光に定め、トリガーボタンに指を置いた。

光源は、スティックライトだった。

長さ二十センチあまりのプラスチックの棒だ。ふたつに折り曲げると、中に封じてある液体が化学反応を起こし、棒全体が青い光を放つようになる。

光の中に、男の顔がぼんやりと浮かびあがった。

若い男だった。顔つきは少年である。十五、六歳。リッキーと同じくらいだ。髪を逆立て、ミミーと同じようにそれを原色でけばけばしく染めている。

光はつぎつぎと生じた。そのたびに、あらたな顔が闇の空間にあらわれた。

五人をかぞえた。

五人とも、少年だ。逆立てた髪を派手な色に染めているのも共通している。どうやら、この髪型がククルでの流行《はや》りらしい。

「なんだよ、てめえら」

最初に顔を見せた少年が、口をひらいた。舌がもつれて、語尾がはっきりしない。闇の奥からとつぜん聞こえてきた、あの声だった。この少年が「うるせえ。騒ぐな！」と怒鳴った。

「しきたりを知らん連中だと思ったら、見かけねえ面《つら》だな」

クラッシャーに視線を据《す》え、少年は言った。

「おまけに物騒《ぶっそう》なものを持ちこんでやがる」ジョウの握るレイガンを指差した。

「てめえら、ビーストか？　ラダ・シンの」

「あいにくね。バディ」

声が飛んだ。甲高いが、意外に威厳のある少女の声だった。ミミーだ。

「この人たち、あたしの客人よ」ミミーは言う。

「そんなにすごまなくたっていいわ」

「お、おまえ」

少年の目が驚愕《きょうがく》で丸く見ひらかれた。

「ミミー！」マドックの娘の顔をバディは認めた。

「ほんとかよ。ちくしょう」

緊張が緩《ゆる》んだ。表情が明るくなった。

「いろいろあったけど、結局、ここに帰ってきたわ」

ミミーは立ちあがった。立ちあがって、にこりと微笑んだ。

「ミミーだ」

「生きていたんだ」

にわかに、あたりが騒がしくなった。

青い光の中に浮かびあがっていた五つの顔が、ミミーのまわりに集まってきた。

「ちょっと待てよ！」

その動きを、リッキーが制した。

「早すぎるぜ。驚くのが」

リッキーは叫んだ。いつになく、鋭い声だった。

五人の足が止まった。

いっせいに首をめぐらし、リッキーに目を向けた。

「とんでもない名前を聞いたぞ」伏せていたからだをゆっくりと起こしながら、リッキーが言う。

「バディっていやあ、鼻たれバディだ」

レイガンをホルスターに戻し、リッキーは五人の少年たちの正面に立った。

「違うかい」

顔をじっくりと少年たちに見せた。

「！」

絶句した。

五人の少年が。

声を失い、棒立ちになった。

「三年ぶりだよな」リッキーは言を継いだ。

「スパーク団の勢揃《せいぞろ》いってのは」

照れ臭そうに笑い、前髪を指先で掻《か》きあげた。

「なんなの。あんた？」

脇からミミーが言った。

声が、かすれていた。

5

車座になった。

四人のクラッシャーが弧を描いて床に腰を降ろし、それに向かい合うかたちで五人の少年たちが丸く並んだ。そして、両者の真ん中にミミーがすわりこんだ。適当に置かれた十本のスティックライトが、かれらの姿を青く照らしだしている。十本のスティックライトの光は、明るいというほどではないが、互いの顔やしぐさが見てとれないというほど暗くもない。

「バディのとなりにいるのが、ユーマだ」落ち着いたところで、リッキーが言った。「右端のがっちりしているのが、ザジ。あいだのふたりは知らない。はじめて見る顔だ」

「レイとタッドさ」バディが、口をはさんだ。「リッキーが抜けてからメンバーになったんだ。どっちも俺たちよりひとつ下。ミミーと同い年だよ」

ひょろりと背の高いレイと丸顔のタッドが片手を軽く挙げてクラッシャーに挨拶《あいさつ》した。

クラッシャーは、あらためて五人の少年たちをじっくりと眺めた。

服装は五人ともほとんど違わない。仕立て直したスペースジャケットである。古着を集めてばらし、体形に合わせて生地を接着したものだ。色の組み合わせもデザインもでたらめだが、不思議なことに、それなりにさまになっている。もう少し洗練させれば、世間でも通用するかもしれない。

「バディとザジと俺らは、浮浪児の同期だったんだ。アイアンダガーってかっぱらいグループの」また、リッキーが口をひらいた。

「八歳のときだったかな。俺らたち三人は、アイアンダガーから逃げだした。ボスがひでえやつでね。三下にやばい仕事をやらせて、あがりだけは自分が独《ひと》り占《じ》めにしていた。なにせ、ククルだろ。浮浪児が、かっぱらいやこそ泥をやるのは当たり前。だけど、捕まったら、ただじゃすまない。ガキだろうが女だろうが、半殺しにされる。もちろん、本当に殺されちまうやつもいる」

「それを守るのがボスでしょ」アルフィンが言った。

「からだを張って、捕まりそうになっている乾分《こぶん》を救出する」

「ふつうは、そう。でも、アイアンダガーのボスは違った。しくじったとき、あいつは必ず三下をおとりにして、自分だけが助かろうとした」

「最低！」

「俺らも一度、ひでえ目に遭ったよ」リッキーは言をつづける。「ボスと俺らたちの四人で、トワイライト・ゾーンのスーパーに忍びこみ、食いものを盗もうとしたことがあるんだ。倉庫から。作戦は成功して、俺らたちはモーターカートにひと山、フードパックを積みこんだ。そうして、ずらかろうとしたときだった。ボスが出口を間違えて、警報装置に引っかかっちまった」

「むかつくぜ、あんときのことを思いだすと」

吐き捨てるように、ユーマが言った。

「うろたえ、取り乱したボスが、カートを操縦していたユーマをいきなり突きとばした」リッキーの目が強く炯《ひか》った。

「ユーマはカートから転げ落ちた。落ちて、頭を打った」

「気絶したのか、ユーマはぴくりとも動かない」バディが言った。

「それを見たボスは、カートに飛び乗った。カートがいきなり走りだす。俺たちはおいてきぼり。呆然とそれを見送った」

「どうしようもなかった。追いかけたら、ユーマを見捨てることになる」リッキーは口もとを大きく歪めた。

「俺らは、ユーマをかつぎあげた。バディが背後にまわった」

「あとは一目散だった」バディは言う。

「とにかく逃げた。ひたすら逃げた」

「けど、遅かったんだ。警報がガードロボにキャッチされていた。俺らたちめがけてガードロボが殺到してきた。ガードロボってのはショック・バトンに車輪をくっつけたようなちんけなメカで、こいつに触ると一発で失神する。へたすりゃ、黒焦げになる」

「必死だったな、ガードロボをかわすのに」

バディは目を細めた。右の手が拳を握り、その拳が小刻みに震えた。

「逃げにかかってからあとのことは、よく覚えていないんだ」リッキーが言った。「気がついたら、ガードロボを振りきっていて、俺らたちはククルの二十八番街に転がっていた」

「二十八番街？」

アルフィンは、そこがどこかよくわからない。

「地下五層目にあるバラック地域よ」ミミーが説明した。「移民当時のユニットハウスが残っている場所。何年か前からホームレスや浮浪児の溜《たま》り場になってるわ」

「ふうん」

「そのつぎの日さ。俺らたちがアイアンダガーからずらかったのは」リッキーは肩をそびやかした。

「ずらかって、スパーク団っていうグループを三人で結成した」

「ボスになったのは、誰だ？」

タロスが訊いた。

「俺らさ」

リッキーが昂然と答えた。

「そりゃ、すげえや」タロスは口笛を吹いた。

「あとのふたりがよっぽど優秀だったんだな」

「どういう意味だよ」

リッキーの目が吊りあがった。

「気にするな」タロスは眼前で手をひらひらと振った。

「茶化したわけじゃない」

「なんだよ。それ」

リッキーは、さらにむくれた。茶化したのでなければ、本当のことを言ったということになる。聞き流すことはできない。

「抑えて、抑えて」アルフィンがなだめにかかった。

「ここで騒いだら、またジョウが爆発するわよ」

タロスとリッキーの耳もとで囁《ささや》いた。

「う」

ふたりとも口をつぐんだ。ナタラージャ神殿での一喝を、ふたりともまだ忘れてはいない。顔を見合わせ、唇までのぼっていた悪態をむりやり呑みこんだ。

「なるほどね」

ミミーがうなずきながら、言った。

「リッキーとスパーク団との関わりは、よくわかったわ」視線をジョウに移した。「だけど、もうひとつだけ教えてもらいたいことがあるの」

「もうひとつ？」

ジョウも、ミミーに視線を向けた。

「あんたたちのことよ」ミミーは言った。「クラッシャーがローデスにきた理由」

身を乗りだし、マドックの娘はジョウの顔を覗きこむように見た。

「なんの用でこの星にきたの？」

6

「きちゃ、おかしいかい」

ジョウが問いを返した。

「おかしいわ」

ミミーはきっぱりと言った。

「どうして？」

「うちのパパのせいよ」

「マドックのせい？」

「うちのパパは、ラミノフの一件で、懲《こ》りたの」ミミーは言う。

「クラッシャーは危険だって。だから、クラッシャーがローデスにくるってきいたら、必ずその仕事の裏を探るようになった」

「………」

「そのへんのちんぴらじゃないわ。ククルのボスが探るのよ。そんなことされたら、誰もクラッシャーを雇えない。雇って、へんなふうに誤解されたら、それこそ生命があやうくなる」

「あきれたパパだな」

「パパがボスだったとき、ローデスにクラッシャーを雇える男は、ひとりしかいなかった」ミミーは言葉をつづける。

「モズポリスのラダ・シン。かれだけよ」

「…………」

「雇われたんじゃないの。あんたたち、ラダ・シンに」

「…………」

「違う？」

猫のように瞳の大きな目が、ジョウを見あげ、凝視《ぎょうし》した。

「残念だな」ジョウは、かぶりを振った。

「苦心の推理だが、大外れだ」

「どういうこと？」

ミミーの表情が硬くなった。

「俺たちを雇ったのは、ローデスの人間じゃないってことさ」

「ローデスの人間じゃない」

「俺たちは、ナタラージャ教団に雇われた」

ジョウは語った。これまでのいきさつをミミーに。

ジョウには計算があった。

本来ならば、クラッシャーが自分たちの仕事の内容を他人に明かすということはほとんどない。だが、今回は事情が違った。怪しげな手懸かりに導かれてローデスまでやってきたものの、情報は何もない。そんなときに、マドックの娘やリッキーのむかしの仲間と遭遇した。かれらに仕事の内容を話せば、手懸かりとまではいかなくても、そのかけらくらいはつかめるかもしれない。ジョウは、そう思った。思って、いきさつを話した。

ミミーはナタラージャのヴァジュラに関する途方もない話を、じっくりと聞いた。真剣に耳を傾け、最後まで口をさしはさもうとしなかった。

ジョウの話が終わった。

「と、まあ、そんなわけで、ローデスにやってきたんだ」

言葉をしめくくった。

「質問があるわ」

終わると同時に、ミミーが言った。

「なんだ」

「ナタラージャのヴァジュラって、どんな形をしてるの？」

「右の手首だ。ヴァジュラはこんな形状で、右手の指がそれを握っている」

ジョウはヴァジュラの絵を空中に描いてみせた。

「大きさは？」

ミミーは問いを重ねる。

「八十センチくらいだと、ザガカールは言っていた。重さは三十キロ前後」

「左手はカパーラというのをつかんでるって言ったわね」

「ああ」

「カパーラの形は、わかる？」

「髑髏《どくろ》の上半分だ。白いボウルのように見える。それをこんな感じで左手が持っている」

ジョウは、壁画で見たとおりに腕を構えてみせた。

「ヴァジュラのほうは、知らないわ」ミミーの声が低くなった。ひそめた声で、ミミーは言った。

「でも、カパーラのほうは知っている。見たことがある」

「本当か！」

ジョウの頬がぴくりと跳ねた。

「三……ううん四年前だわ。ラミノフの件の前の年だから」

「四年前」

「フェンスって男が、パパを訪ねてきたの。買ってほしいものがあるって」

「それが？」

「ナタラージャのカパーラだった。間違いない。あんまりへんな彫刻だったから、はっきりと覚えている。真っ黒な左腕。白いボウルを捧げ持っていた」

「パパは、どうしたんだ。そのカパーラを」

「買わなかった」ミミーはジョウの顔を見据えた。

「フェンスは有名な盗品故買屋なの。それも、古美術品専門で、裏の世界では目利きのフェンスって綽名《あだな》で知られているわ」

「目利きなら、贋物《にせもの》じゃないってことだぜ」

リッキーが言った。

「問題は、本物かどうかじゃなくって、古美術品専門だったたってことよ」

「?」

「パパの趣味じゃなかったの。古美術品は。パパは新しいもの好き。だから、その彫刻には興味を示さなかった」

「じゃあ、フェンスはどうしたんだ?」

ジョウが訊いた。

「わかんない」ミミーはちろりと舌をだした。

「フェンスは、がっかりして帰ったわ。言い値がすごく高かったの。あの値段であれを買えるのは、パパぐらいのものなのよ。てんびん座からこっちの宙域じゃ」

「しかし、グル・ザガカールは盗まれたヴァジュラのほうも、ローデスに持ちこまれたと断言した」

ジョウの瞳がきらりと炯る。

「ローデスにカパーラがあって、そこにまたヴァジュラを持ってきたと考えるべきよね。これって」

アルフィンが言った。

「誰かがカパーラをフェンスから買いあげて、なおかつ対《つい》になっているヴァジュラのほうをもほしがった」ジョウが言う。

「ローデスでマドックに並ぶ富を握っているのは」

「ラダ・シンだ！」

リッキーが叫んだ。

「いつなの？　ヴァジュラが神殿から盗まれたのは」

ふいに、ミミーが早口で問いを放った。

「一週間前だ。標準時間換算で」

ジョウが言った。

「一週間」

ミミーの顔色が変わった。目を伏せ、唇を嚙んだ。

「どうしたんだ？」

ミミーの動揺をジョウが察した。

「三日前からだわ」ミミーは言った。「ククルに、おかしなことが起きるようになったのは。そして、パパが行方を絶ち、ラダ・シンがククルを支配するようになったのも」

「…………」

「教えて、ジョウ」ミミーはおもてをあげた。「ナタラージャ神殿のあるバクティからここにヴァジュラを運んだとしたら、いったいいつ着いたことになるの？」

「早ければ……」

ジョウは計算した。頭の中で数字が渦を巻いた。銀河標準時とローデス標準時との時間の差、バクティからワープポイントまでの距離。ワープアウトしてから、ローデスに至るまでの時間。

解答がでた。

「三日前だ」

ジョウは言った。

「！」

ミミーは息を呑んだ。呑んで、絶句した。

「三日前に、ヴァジュラはローデスに着いた」

第四章　魔道のタロス

1

しばらく沈黙がつづいた。ミミーは絶句しており、ジョウも口をつぐんだ。
闇の中で、音が絶える。
誰も、言葉を発しようとしない。一様に黙し、互いの顔を見つめ合っている。
ややあって。
ミミーが気を取り直した。
床に手をつき、上体を前に押しだした。
ジョウに向かって、何かを言おうとする。
が。
言えなかった。

言いかけたとき、音が鳴り響いた。

甲高い電子音だった。けっして大きくはないが、鋭く、神経を逆撫《さかな》でする音だった。

警報だ。

緊急事態を知らせる。

警報が、ミミーの言葉をさえぎった。

全員の肩が、びくりと震えた。リッキーは丸い目をさらに丸くし、アルフィンは不安げに首をめぐらして周囲を見まわした。タロスの眉が小さく跳《は》ね、ジョウは音源を探ろうと、耳をそばだてた。

ミミーが背後を振り返る。

ミミーの真うしろには、バディがいた。バディは舌打ちし、腰を浮かせていた。

「あれだろ？」

ユーマがバディに視線を向けた。

「あれだ」

バディはうなずいた。目つきが険しくなった。

それが合図になった。

スパーク団の五人がいっせいに立ちあがった。

「なんだよ、これ？」

リッキーが訊いた。

「警報だ」

ザジが答えた。答えると同時に、きびすを返した。

五人の少年が、闇の奥に消えていく。

機敏だ。動きが速い。

「待ってよ」

ミミーも立ちあがった。

「兄貴」

リッキーがジョウを見た。目で「どうしよう」と問いかけている。

スパーク団のあとを追うのか、それともここに残って様子をうかがうのか。

「行こう」

ジョウは身を起こした。

体をひるがえし、ひらりと立つ。

クラッシャーは、ここがどういう場所で、どこにあるのかを知らない。ミミーに連れられてやってきたものの、説明などはまったく受けなかった。闇に包まれた空間が、どれくらいの広さなのかも把握できていない。

「警報だ」

ザジは、そう言った。

警報というからには、非常事態である。

そういったときに状況に疎《うと》い者が一か所に固まっているというのは、極めて危険だ。些《さ》細《さい》なトラブルでパニックに陥る。

ミミーが少年たちを追って闇の壁に飛びこんだ。

ジョウは発光スティックを一本把《と》った。そして樹脂で固められた床を蹴り、ミミーにつづいた。タロス、リッキー、アルフィンも、かれらのチームリーダーに倣《なら》った。

十メートルとは離れていなかった。

数歩進むと、それが目に入った。

光だ。

青白く矩《く》形《けい》の光である。闇の先にそんな形状の光が、いくつか浮かんでいる。ついいましがたまではなかった。

人の気配が、その光のまわりに集まっていた。ぼんやりとした人影も見えた。

ジョウが光に近づいた。

スクリーンだ。

小さなモニター・スクリーンが六面、闇を四角く切りとっている。

スクリーンの前に、スパーク団の五人が重なり合うように立っていた。ミミーも端のほうにいた。みんなスクリーンを熱心に覗きこんでいる。

スクリーンには映像が入っていた。カラーではない。モノクロだ。超増感映像らしい。通路が白っぽく輝いて、映っている。だが、映像そのものはかなり鮮明だ。細部まではっきりと見てとれる。

「何を見てるんだ」

ジョウの肩ごしに、リッキーが頭を突きだした。

「モニターだよ」

バディが言った。振り返ろうとしない。目はスクリーンに捉えられている。

「ここにつながっている通路だな」

リッキーの横に並んだタロスが言った。

「ああ」ユーマが応じた。

「この部屋に通じている通路は六本だけだ。その全部に警報装置とモニターカメラを据えつけた」

「この部屋って、いったいなんなの？」

アルフィンが訊いた。

「溜《たま》り場よ。あたしたちの」

ミミーが答えた。

「溜り場？」

「半年くらい前ね。バディが情報を仕入れてきたの。おもしろい空き部屋がトワイライト・ゾーンにできたって。かれったら、そこには絶対に誰も近寄らないから、みんなのアジトにしちゃおうって言うのよ」

「それが、ここ？」

「そう」

ミミーは首をめぐらし、アルフィンに視線を向けた。

「どうして、誰も近寄らないの？」

「ちょっとしたトラブルがあったから」

「トラブル？」

「殺しだろ」

リッキーが口をはさんだ。

「当たり」ミミーは手を打った。

「ベルベラの取り引きがもつれたのね。上からきた売人とククルのちんぴらが、併《あわ》せて八人。レイガンで撃ち合って、ひとり残らず死んじゃった」

「ここで？」

アルフィンの声が震えた。

「そーよ」

ミミーは、あっけらかんと言う。

「よくあることなんだ。ククルじゃ」リッキーが言った。

「でも、トワイライト・ゾーンで、そんな派手なのは珍しいなあ」

「でしょ。おかげでこのへんの連中がみんなびびっちゃって、ここが空き部屋になったの」

「いつもは、ここで何してるんだ？」

タロスが訊いた。

「べつに」ミミーは肩をすくめた。

「ぼおっとしてるか、仲間と馬鹿話してるか。ここのしきたりは、スティックライト以外の明りをつけないことと大声で騒がないことのふたつだけ。どっちも、もぐりこんでることがバレないための掟《おきて》ね。だから、たいしたことはできないわ」

「そんな場所に、なんでこんなすごいモニターや警報装置がくっついている？」

タロスはスクリーンに向かってあごをしゃくった。

「そんなの知らないわ」

「装置は、俺らがつけたんだ。おとといの夜に」

ミミーにかわって、ユーマが言った。

「おとといの夜？」

「ビーストが街をうろついてるんで、手を打ったんだよ。グーフィ・ストリートにも小さなアジトがあったんだけど、あっちはビーストに襲撃されて、トルペード団のメンバーがふたり殺されちまった」

「ユーマは手先が器用で、メカに強いんだ」

リッキーが補足した。

「ザジがパーツをぱくってきてユーマが組み立てる。俺らがいたときも、その手でスパーク団は荒稼ぎしていた」

「ったく、ろくなもんじゃねえな」

タロスがうなった。

「ビーストというのは、なんだ？」

ジョウが訊いた。

「人間さ。見た目はふつうの」ザジが言った。

「だけど、中身はぜんぜん違う。化物だ。グーフィ・ストリートでも、トルペードのやつがヒートガンで頭をぶち抜いたのに、ビーストは死ぬどころか倒れもしなかった。顔が半分ぶっとんでも、平気で歩いている」

「あいつらだ」

リッキーがつぶやいた。

「ビーストは、ラダ・シンが操ってるんだぜ」

横からレイが言った。

「ラダ・シン？」

ジョウの目が、すうっと細くなった。

「俺らは見たんだ」レイはつづけた。

「トルペードにだち公がいて、俺ら、そんときにグーフィ・ストリートにいたんだよ」

「見たって、ビーストをか？」

「ああ。ビーストは、ラダ・シンの乾分だった。間違いない。俺ら、上であいつに殴《なぐ》られたことがある。一年くらい前。眉間《みけん》に傷があって、絶対に忘れない顔だよ。一年前はビーストなんかじゃなかった。でも、あんときは撃とうが灼こうが、どうやったって死なないビーストだった」

「ちくしょう」ミミーがぎりっと歯を噛み鳴らした。

「ラダ・シンだ。やっぱりラダ・シンが黒幕だったんだ」

声が高くなった。

「しっ！」

その声をバディが制した。

「きたぞ。三号だ」

囁くように言った。言って、スクリーンのひとつを指差した。

影が映っていた。シルエットは人間のそれだ。ひとりではない。複数である。

「あっ」違う声があがった。

「五号にも、いる！」

ユーマだった。

警報は誤作動ではなかった。たしかに何ものかが、かれらのいる部屋に迫りつつある。

「どうして、ここがわかるのよ」

呻《うめ》くように、ミミーが言った。

2

「尾《つ》けられたんじゃねえのか？」

ザジが訊いた。

「それは、ない」

ジョウが答えた。自信があった。クラッシャーはプロだ。尾行されていれば必ず気配を感じる。

「だけど、現に」

「そんな話はあとだ」なおも言いつのろうとするザジをバディが止めた。

「それよりも、逃げるのが先だ」

「逃げちゃうの？」

ミミーが言った。

「当たり前だ」ユーマが振り向いた。

「人数、かぞえたのか。二十人はいるぞ。こっちの倍だ」

「二号を抜けて、コーラル・アベニューに向かおう」バディが言った。

「あっちに行けば、チムニーに飛びこめる」

「チムニーって？」

アルフィンが小声でリッキーに訊いた。

「上へ登るための通路さ。誰かが勝手に掘った縦方向の穴だよ」

「スティックは捨ててくれ」ユーマがクラッシャーに向かって言った。

「こっちの居場所がバレる。みんなでくっつき合って、手探りで進むんだ」

「わかった」

ジョウが同意した。異存はない。かなりのハンディだが、ユーマの言うとおりだ。クラッシャーはスティックを闇の底に投げ捨てた。

照明が、モニター・スクリーンの放つ青白い光だけとなった。

「これを使おう」

ザジがどこからか長いコードを引きずりだしてきた。モニターの機材と一緒に盗んできたものらしい。

「こいつを握っていれば、はぐれたりしないし、トラップもかわせる」

アイデアであった。ひとりひとりが手首にコードを巻きつけた。

一列に並んだ。街に不案内なクラッシャーのために、スパーク団のメンバーが、かれらのあいだに入った。

先頭はバディだ。そのうしろに、リッキー、ミミーとつづき、ジョウ、アルフィン、ユーマ、レイ、タロス、タッドと並ぶ。しんがりはザジがとった。

「行くぜ」

コードを引いて手応えをたしかめ、バディが言った。

ゆっくりと歩きはじめた。

二号通路は、ジョウたちがミミーに連れられて通ってきた通路だった。通路には扉がはめこまれている。スパーク団は、六本ある通路のうちの二号の扉だけを破った。あとの扉は固く閉じられ、厳重にロックされている。もっとも、厳重とはいえ、ヒートガンの一挺《ちょう》もあればロックは簡単に破ることができる。

二号通路にもぐりこんだ。

三十メートルほど進んだ。

そこで、いきなり横に折れた。

脇道だ。

「気をつけろよ」

口移しで、バディからクラッシャーに伝言がまわってきた。

「こっからは穴だらけだ。チムニーは上に向かっているだけとは限らない。ククルの底に下るためのチムニーだって、いくらでもある。遊び半分で掘ったトラップという罠《わな》や、虫食い穴という仕掛けもそこかしこに隠れている。とにかく慎重に歩を運び、足もとを探って進め」

穏やかではない伝言だった。タロスは呪《のろ》いの言葉を吐いて、返事のかわりとした。見知らぬ場所、暗闇、そして落とし穴に罠である。神経がずたずたに裂かれそうだ。

コードでひとつながりになった十人は、黙々と前進した。

バディは頻繁《ひんぱん》に通路を変えた。十メートルとはまっすぐ進まない。また、それだけ多くの脇道が通路には存在していた。

ミミーに連れられて、かれらのアジトに至ったときと同じになった。

クラッシャーには方角も互いの位置も判然としない。

迷路だ。

時間だけが刻々と過ぎていく。

と。

ふいにバディの足が止まった。

ストップという無言の合図がロープを通じて伝わってきた。

壁に寄れ、とも言っている。

十人は息をひそめ、背中を壁に押しあてて、平たくなった。

ひそやかな音が聞こえた。

やわらかく、高い音。

足音だ。

誰かが、行手を横切っている。誰かはわからない。アジトとは異なり、通路の闇はやや薄めだ。小さな帯状の照明が壁の上部に埋めこまれている。その照明が、断続的に暗くなる。

さえぎられているのだ。人影に。

しばらくは動かなかった。状況が状況だ。横切っているのが誰であれ、顔は合わさぬほうが得策である。

しばらく待った。

待つうちに。

絶えた。

足音が失せ、人影が絶えた。

それでも、しばし様子を見た。

静寂が通路を支配する。

もう、いいだろう。

バディが判断した。

前進を再開した。

数メートル進んだ。

横穴を通過した。

そのとたん。

光が爆発した。

すさまじい光量だった。強力なライトが用意されていた。真っ白な光が、瞬時にジョウたちを包んだ。

「わっ」

目がくらむ。うろたえ、動転する。

ジョウとタロスが、かろうじて平静を保った。

視界はない。だが、やらねばならぬことがある。

身を低くし、ホルスターからレイガンを抜いた。

光の角度で光源の見当をつけ、トリガーボタンを押した。

光条が、左右、上下に疾《はし》った。

何かが弾ける乾いた音がした。

悲鳴が、それにつづく。

光が弱まった。

「わあっ」

声が飛ぶ。

ザジとタッドの声だ。

しんがりのふたり。

タロスが首をめぐらした。

眼前で鮮血が舞った。

ザジがのけぞっている。右手に電磁ナイフを持ち、ザジはばんざいでもするように両腕を頭上に差しあげている。

くるりと反転した。

胸が赤く染まっていた。

喉《のど》を裂かれ、そこから血が噴きだしている。

影が出現した。

数人の人影だった。

その先頭の影が、小さな影と揉み合っている。

タッドだ。淡い光の中に、丸い顔が浮かんでいる。血まみれの顔だ。右の目がない。えぐりとられている。

タロスの全身がたぎった。

怒りが燃えあがった。

レイガンを構えた。

乱射した。

光条が影を射抜く。

が。

影は倒れない。平気だ。肉の焦げるいやな匂いが、あたりに漂っている。

人間ではない。

例の化物だ。

スパーク団の連中は、かれらをビーストと呼んでいた。

タロスの背すじが、ぞくりと冷えた。

3

列が崩れた。

急襲されたのは、しんがりのふたりだけではなかった。

敵は前からもきた。先ほど通路を横切っていった一群は、フェイントだった。敵は、とうにジョウたちの動きを捕捉していた。

バディは勘が鋭かった。

間一髪である。

ジョウがレイガンを発射した直後だ。

腰のシースから電磁ナイフを抜き放ち、眼前にかざした。

そこに、影が舞い降りた。

ふわりとあらわれ、襲いかかってきた。

バディは闇雲《やみくも》に電磁ナイフを振りまわした。

ビーストの指が、バディの顔面に迫った。

爪が長い。それ自体が凶器だ。鋭利な爪で、先端がメスのように研ぎすまされている。

迫りくるビーストの指を、バディは電磁ナイフで薙《な》ぎ払った。

ブレードが手首を両断した。すっぱりと断《た》った。

勢い余って、バディはたたらを踏んだ。

コードを左手で握ったままだった。

たたらを踏むバディに、あとの者が引きずられた。列が乱れ、崩れる。

そこに。

なだれるように敵が躍りかかってきた。

アルフィンが、列から弾きだされた。

つんのめり、前に倒れた。

あわてて身を起こし、上体をひねった。

影が立っている。すぐ真うしろに。

スペースジャケットを着た、いかつい顔の男だった。右手にショック・バトンを持ち、冷ややかな目でアルフィンを見おろしている。

アルフィンの手が、レイガンのホルスターに向かった。

グリップを握り、銃を抜こうとした。

男が動いた。

足で、アルフィンの右肘を蹴った。

「きゃっ」

アルフィンが悲鳴をあげる。

レイガンが飛んだ。アルフィンの指からこぼれ、床に落ちた。

男がショック・バトンを振りあげた。

その刹那。

光条が燦《きらめ》いた。

レイガンのビームが、男をななめ横から貫いた。

男の顔が醜《みにく》く歪む。

ジョウがきた。

アルフィンと男とのあいだに滑るように飛びこんできた。

「ジョウ!」

アルフィンが腕を伸ばして、ジョウの膝にすがりついた。ジョウは手を貸した。レイガンの銃口を男に向け、もう一方の手でアルフィンの腕を把《と》った。

「ぎい」

男が咆えた。

耳障りな咆哮だった。人の声ではない。石と石とをこすり合わせたような、不快な音に似ていた。

男は腹と首をジョウのレイガンに灼かれていた。

常人ならば、即死だ。生きてはいない。

だが。

男は死ななかった。死なず、蠢《うごめ》いていた。

ビーストだ。

ショック・バトンを手に、男が歩を進めた。じりじりと動き、ジョウとの距離を縮めた。ジョウが撃った。

ビーストの顔を狙い、レイガンで撃った。

ビーストがくる。

ジョウは撃ちまくった。

髪が燃えた。眼球が熔けた。肉が焦げ、骨が露出した。

しかし。

ビーストは、なおも前進する。

ショック・バトンを振った。

先端がジョウの肩口をかすめた。

電撃が散り、ジョウが跳ね飛ばされた。

背後に壁があった。通路の壁だ。ジョウは反転し、額をその壁に打ちつけた。

鈍い音がした。

ジョウがぐらりと崩れ、膝をついた。

が。

倒れない。腕でからだを支えた。

ゆっくりと体を返した。

おもてをあげた。

眉間が割れている。前髪のあいだから血が流れ、赤いしずくがしたたり落ちている。

「ジョウ！」

アルフィンが叫んだ。

ジョウの正面に駆け寄った。

「どいてろ、アルフィン」

喉《のど》の奥から絞りだすような声で、ジョウが言う。

「いや」

アルフィンは拒否した。ジョウの言に従わなかった。

アルフィンは、くるりとジョウに背を向けた。

向き直ったのだ。ビーストに。

アルフィンの眼前に、ビーストがいる。

アルフィンはビーストをきっと睨んだ。

彼女は気がついていた。

少し前からだ。

胸が熱を感じている。ちょうどポケットのあるあたりだ。そこが相当に熱い。

なぜ熱いのか。

あれが入っているからだ。

胸ポケットに、あれが納められている。クラッシュジャケットは防弾耐熱なので、よほどの熱を帯びないと、熱くなっているのに気がつかない。

「ぎいい」

ビーストが咆える。

アルフィンの指が、胸ポケットを探った。

取りだした。

護符だ。グル・ザガカールから与えられた。

神妃パールヴァティーの宝剣。

紫の紐を握りしめ、アルフィンは黄金の宝剣を一気に頭上高く掲げた。

科学を疑ったわけではない。

神の存在を信じたわけでもない。

彼女は願ったのだ。

奇跡を。

アルフィンは裏切られなかった。

掲げるのと同時であった。

宝剣が光った。

白く光った。

閃光が四方に広がった。丸い光の輪が生じ、それが力となって迷える者を直撃した。

「ぎぃい！」

ビーストが棒立ちになった。

光に包まれ、硬直した。

ビーストに死をもたらす光だ。

崩れていく。ビーストの肉体が。ぼろぼろと崩れ、肉が腐る。

同じだ。メトロライナーのプラットホームで起きたことと、まったく同じだ。

肉がはがれ、骨が剝きだしになった。その骨も、すぐに砕けた。こなごなになり、溶けはじめた。どろどろとした暗褐色の液体が、床の上に溜まっていく。

やがて。

ビーストは消滅した。

それとともに。

光も失せた。

白光が宝剣の内に収斂《しゅうれん》した。すうっと消え、アルフィンが息を吐いた。長く吐いた。

目を閉じた。

崩れるように倒れた。

「アルフィン！」

ジョウがあわてて、そのからだを支えた。

失神している。アルフィンが。いまの対決で、気力を使い果たした。極度の緊張が、アルフィンをひどく消耗《しょうもう》させた。

ジョウはアルフィンを小脇にかかえた。かかえて、前に進んだ。

周囲に目をやる。

誰もいない。仲間も、敵も。闇のかなたから音が響いてくる。弾けるような光も見える。どうやら、戦いの場が移動したらしい。
二、三歩、歩いた。
何かにつまずいた。

人だ。感触がやわらかい。

身をかがめた。

少年が倒れていた。服装でわかる。スパーク団のひとりだ。うつぶせになっていたので起こして顔を見た。
ユーマだった。赤毛で、耳が大きい。
搏動《はくどう》をチェックした。
生きていた。外傷もない。たぶん殴られるか転ぶかして、意識を失ったのだろう。
左脇にアルフィンをかかえているので、右脇にユーマをかかえた。
さすがに重い。だが、放置しておくことはできない。
また歩きはじめた。
倒れそうになるので、ジョウは壁際に寄った。体重が、壁にかかった。
その体勢で、しばらく進んだ。
と。
だしぬけだった。
からだが軽くなった。
くるりと視界がまわった。
あっと思った。だが、何が起きたのかは、すぐにはわからなかった。まわりは闇だ。
視界がまわってもそれほどの変化にはならない。
風が耳もとで鳴った。
しばらくして、気がついた。

落下している。
滑り落ちているのだ。傾斜路を。それも、かなりの角度の傾斜だ。
壁がひらいた。そして、ひっくり返り、その中に落ちた。
ワームホール。
思いだした。バディの注意を。
遊びで仕掛けられた虫食い穴に落ちた。いたずら好きが掘った、縦方向のトンネルだ。
穴は果てしがなかった。
どこまでも、つづいている。
無限の墜落であった。

4

邪気が満ちている。
空間を埋め尽くしている。
デストロイヤーズ・ホール。
その部屋を〝破壊神の間〟とラダ・シンは名づけた。
破壊神《シヴァ》は、舞踊王《ナタラージャ》の異名である。

ホールには、ナタラージャの腕が飾られていた。ブラック・セグマタイトの石台の上に置かれた凶々《まがまが》しい二本の腕。天を突くように伸び、左手に髑髏杯《カパーラ》を掲げて、右手に金剛五鈷杵《ヴァジュラ》を握る。

それが、ナタラージャの腕だ。

邪気の源は、その腕であった。

ラダ・シンは腕を凝視している。じっと見つめ、邪気を全身で受けとめている。

ホバーチェアに、ラダ・シンは腰を沈めていた。ソファの形のホバーカートである。一瞥《いちべつ》した限りでは、丸い台の上に置かれたシングル・ソファが、空中に浮かんでいるかのように見える。

印契《ムドラー》を結んだ。ラダ・シンは両のてのひらを胸の前で合わせ、指を組んだ。

無限暗黒印。

邪気が渦を巻く。闇の力が印契に呼応する。

マントラを唱えた。

低い声で、ラダ・シンは詠誦した。

ナタラージャを讃える地獄の呪文だ。

魔道秘儀、第二の行である。

影がきた。ラダ・シンと石台との間に忽然《こつぜん》とあらわれた。

影は二体。左右に並び、宙に浮く。

アスラだ。

マントラの詠誦を止めた。

ラダ・シンは口をつぐみ、影と対峙《たいじ》した。印契《ムドラー》は解かない。結んだままである。

「まだだ」

言葉が漏れた。唇がかすかに動き、しわがれた声が、ラダ・シンの喉《のど》の奥から影に向かって漏れた。

「まだ捕まらぬ。いましばらく待て」

ラダ・シンは言う。

アスラは魔族だ。ナタラージャによって支配されている。

第一の行で、ラダ・シンは二体のアスラをこの世に呼んだ。アスラはナタラージャの命をラダ・シンに伝える。ラダ・シンに魔道の知識を与え、行をおこなわせる。

光が散った。電撃が石台のまわりで疾った。

「鎮まれ、ナタラージャ」ラダ・シンは言を継ぐ。

「わしはローデスの支配者だ。時がすべてを可能にする。娘は脱出していない。ローデスにとどまっている。とどまっている限り、わしの手から逃れることはできない」

光が弾ける。電撃が乱舞する。邪気が膨《ふく》れあがる。

電子音が鳴った。

けたたましく鳴った。

ラダ・シンは印契《ムドラー》を解いた。解いて、操作パネルに指を置いた。操作パネルは、ホバーチェアの肘掛けにはめこまれている。

キーを叩いた。

床が割れた。一部が矩形《くけい》に割れ、沈みはじめた。

エレベータである。

ホバーチェアが動いた。羽虫がうなるような音を発して、ゆっくりとホバーチェアがまわった。

百八十度の旋回だ。

ラダ・シンは背を向けた。ナタラージャの腕を飾る石台に。

眼前には、がらんとしたホールが広がっている。ホバーチェアの高度はおよそ二メートル。七メートルほど先に、エレベータとなって降下した床の口が四角くひらいている。

床が昇ってきた。

エレベータは無人ではなかった。

人が乗っていた。五人。中央に立つひとりの巨漢を四人の男が銃を構えて取り囲んでいる。エレベータが停止した。

継ぎ目が消え、床がまた本来の床に戻った。

ホバーチェアの上で胸を張り、冷ややかな目でラダ・シンは五人を睥睨《へいげい》している。銃を持った四人は、ラダ・シンの手の者だ。組織の幹部ではないが、ちんぴらと呼ぶほど若くもない。そろそろ一家を構えられる幹部候補生クラスである。

「手ぶらではないな」

ラダ・シンが言った。抑揚のない平板な声だ。すごみがあり、聞く者を威圧する。

「はっ」

先頭の男が、一歩前にでた。グレイのスペースジャケットを着ている。左頰に青あざがあり、顔全体が腫《は》れて歪んでいる。乱闘の痕《あと》だ。

「その男は誰だ？　バリー」

巨漢を示し、先頭の男に向かってラダ・シンが訊いた。

「クラッシャーです」

バリーは言った。言って、首をめぐらし、あごをしゃくった。仲間の三人が銃でこづいて、中央の大男を脇に押しだした。

「クラッシャーだと」

ラダ・シンは大男を見据えた。

怪異な風貌であった。顔が傷だらけだ。額が眼窩《がんか》の上に張りだし、細く鋭い双眸が、怒りの光を強く放っている。背が高く、逞《たくま》しい。黒いスペースジャケットを身につけており、腰に大型のホルスターをぶらさげている。銃はない。ホルスターは空だ。

タロスであった。

タロスは不覚をとった。

闇に覆われたトワイライト・ゾーンの通路の中で、クラッシャーとスパーク団は、かれらがビーストと呼ぶ不死身の化物どもに急襲された。しんがりにいたザジとタッドが殺され、列が乱れた。

タロスはホルスターからレイガンを抜き、あたり構わず乱射した。

しかし、敵はひるまなかった。光条を浴び、肉を灼かれても、ビーストは前に突き進んできた。ビーストはショック・バトンを手にしている。武器は鋭く尖った爪と、ショック・バトンとの二本立てだ。抵抗すれば爪で裂き殺す。観念すればショック・バトンで意識を奪い、生きたまま捕獲する。

「なめんじゃねえ」

タロスが怒鳴った。その眼前に、ビーストが立ちはだかった。

ショック・バトンを振りかざし、ビーストはタロスに殴りかかる。

頭を下げ、タロスが床を蹴った。

ショック・バトンの下をかいくぐった。

拳を固めて、タロスは痛烈なパンチをビーストの頭に叩きこんだ。

ビーストが飛ぶ。鈍い音がして骨が砕け、宙を舞う。

「きゃあっ！」

悲鳴があがった。

甲高い、少女の悲鳴だった。

タロスは反転した。レイガンを突きだし、闇の奥に走った。

行手で光条が燦いている。

レイガンのそれだ。誰かが、闇の中でレイガンを撃ちまくっている。

ミミーとリッキーだ。

ふたりの前に、ビーストが迫っていた。リッキーがミミーをかばい、レイガンで応戦している。だが、形勢はリッキーのほうが圧倒的に不利だ。レイガンではビーストは倒せない。リッキーとミミーは地下通路の壁に追いつめられている。

タロスが突進した。半身に構え、走る勢いで、肩口からビーストに体当たりした。間一髪だった。ショック・バトンがリッキーの頭上に振りおろされる、その刹那であった。

タロスがビーストを跳ね飛ばした。

「ぎい！」

ビーストは叫び声をあげた。

のけぞり、闇の底に沈んだ。

たたらを踏んで、タロスが止まる。

「ちびってねえか？」

リッキーに向かって訊いた。

「るせえ！」

リッキーがわめいた。

と、同時に。

いきなり周囲が白くなった。三人が光に包まれ、闇が失《う》せた。

サーチライトだ。ななめ前方から、タロス、リッキー、ミミーを照らしだしている。

反射的にレイガンを構え直した。光源に照準を合わせ、タロスとリッキーはトリガーボタンに指を置いた。

影が出現した。

不意打ちだった。二体の影が、横から飛びだし、光をさえぎった。

あっと思う間もない。

レイガンをはたき落とされた。リッキーとタロスの手首に激痛が走った。

爪が裂いたのだ。ふたりの手首を。

ビーストだ。

「あちっ！」

リッキーが呻く。

タロスが両腕を広げた。

広げて、叫んだ。

「逃げろ！　ふたりとも」

ダッシュした。ビーストに向かって。

二体のビーストを、広げた両腕で捉えた。

はさみこみ、抱きかかえるようにして、タロスは前進する。

光源が迫った。ライトを持った男たちが、とつぜん突っこんできたタロスとビーストを見てうろたえ、あわてふためいた。

激突した。

ライトが吹き飛び、悲鳴と絶叫が湧きあがった。

人と人とがからんだ。タロスも誰かに足をすくわれた。

もつれるように転ぶ。

タロスの下で、数人の男があがいている。

ライトが消えた。あたりがまた深い闇に覆われた。

チャンスだ。

タロスはそう思った。思って、立ちあがろうとした。このどさくさにまぎれて逃げる。右も左もわからないが、とにかくここからは脱出できる。

「ぎいい！」

耳もとで、いやらしい咆哮《ほうこう》が響いた。

ちょうど中腰になったところだった。

衝撃がきた。

後頭部に。

目の奥で、光が爆発した。視界が真っ白になった。全身が痺《しび》れた。

ショック・バトンだ。

頭を直撃された。

タロスはサイボーグである。肉体の八割以上が人工部品に置き換えられている。しかし、脳はそうではない。脳は、かれ自身のものだ。機械化された腕や足にはショック・バトンが触れても、ダメージはない。平然と払いのけることができる。だが、脳はだめだ。ショックを受け、機能が一時的に停止する。

闇が戻った。

漆黒の闇だった。闇は意識を呑みこみ、タロスから力と思考を奪った。

タロスの巨体が崩れた。

くたりと崩れ、うつぶせに倒れた。

痙攣《けいれん》もない。呻き声もない。タロスは瞬時にくずおれ、失神した。

影が立っていた。六体の影だ。うち二体がビーストで、ショック・バトンを手にしている。

タロスを囲んだ。

「てこずらせやがって」影のひとりが言った。

「シャトーに運ぶんだ」

バリーの声だった。

5

「面妖《めんよう》な話だな」

ラダ・シンが言った。口もとに薄い笑いを浮かべている。しかし、目は笑ってなどいない。炯々《けいけい》と光り、タロスの顔を睨《ね》めまわしている。

「クラッシャーがシャトーに連れられてきた。解《げ》せぬわ、バリー。何があった」

ラダ・シンは問う。

「はっ」ラダ・シンの言に、バリーは身を固くした。

「こやつらは、マドックの娘と行動をともにしておりました」

直立し、緊張に表情をこわばらせて、バリーは言った。

「ほお」ラダ・シンは薄い眉を大きく上下させた。

「ミムメリアと一緒だったのか。クラッシャーが」

パネルのボタンを操作した。ホバーチェアがゆっくりと高度を下げた。と、同時にチェアはタロスの右手へとまわりこんだ。彼我《ひが》の距離が詰まった。三メートルを切った。

タロスの眼前に、視界が広がった。

ラダ・シンの背後に隠されていたものが、タロスの目に映じるようになった。

ブラック・セグマタイトの石台と、その上に飾られたナタラージャの腕である。前腕部で断ち切られた黒い二本の腕が、金剛五鈷杵《ヴァジュラ》と髑髏杯《カパーラ》を持って石台の上に屹立《きつりつ》している。

「！」

タロスの表情が変わった。びくり、と頬が跳ね、細い目がさらに細くなった。

その変化をラダ・シンは見逃さない。

「知っているようだな」石台に向かってあごをしゃくり、ラダ・シンは言った。

「あれが何であるのかを」

「あれって、なんだ」タロスは肩をすくめてラダ・シンに応じた。

「そんな言い方じゃあ、俺にはわからない」

「とぼけるな」鋭い声が、凛《りん》と響いた。

「きさまの動揺、子供にすら悟られるぞ」

「…………」

「そうか」ラダ・シンはうなずいた。

「わかったぞ。きさまの役目。クラッシャーは金次第で、どんな仕事であろうとも引き受ける。法にかなってさえいれば、たとえ途方もない夢物語のような仕事であっても、断ることはない」

「…………」

「ザガカールが泣きつきおったな。ナタラージャ教団の導師《グル》ともあろう者が情けない。教団の秘宝探しをクラッシャー風情《ふぜい》に頼むとは。お笑い草だ」

「…………」

タロスは天井に目をやり、口をつぐんで反応をおもてにださないようにしている。

「好きにせい。好きに」

タロスの周囲をホバーチェアが一周した。

「バリー」

ラダ・シンは手下を呼んだ。

「はっ」

バリーの背筋が、またまっすぐに伸びる。

「あとの連中は、どうした。クラッシャーはひとりではあるまい。ミムメリアの行方も報告しろ。それに、フェンスの消息もだ」

「はっ」

バリーは、ますますかしこまった。

「報告します」声が震えた。

「残りのクラッシャーは三名。いずれもマドックの娘とともに逃げました。ガキどもが力を貸したのです。行方は、現在ヴェータータラが追っています。ほどなく捕捉できるものと思われます」

「ふむ」

ラダ・シンは鼻を鳴らした。

「フェンスは依然、姿をくらませています」バリーは言を継いだ。

「もっかのところ、手懸かりは何もありません。ヴェータータラもミムメリアとは違い、フェンス相手ではその力を発揮できないようです。組織の下部メンバーを集めて網を張っていますが、まだひっかかった痕跡はありません」

「国外への脱出は？」

「あり得ないと思います」

「そうかな」ラダ・シンの視線がバリーを射抜く。

「あの小娘は空港まで行っていたぞ」

「それは」

「クラッシャー」

ラダ・シンはタロスに向き直った。

「きさま、見ただろう、ヴェータラを」

低い声で訊いた。

「ヴェータラ？」

タロスには、なんのことだか理解できない。

「ヴェータラは屍鬼《しき》だ」ラダ・シンは言った。

「屍体《したい》にアスラが入りこんでいる。だから、ヴェータラは死なぬ。なんびとといえども、すでに死んでいる者を再び殺すことはできん」

意味が通じた。

ラダ・シンは、クラッシャーがゾンビと呼び、ククルの住人たちがビーストと呼んでいた不死身の化物どものことを語っているのだ。

「いま、ククルにはヴェータ－ラが満ちようとしている」ラダ・シンはつづけた。「ナタラージャが人の生命を求める。生命を捧げれば、アスラがその数を増す。アスラはナタラージャの従者だ。ナタラージャの力を分け与えられている。この世に現出したアスラは、ヴェータ－ラを生む」

「………」

「バリー」

ラダ・シンは首をめぐらした。

「は、はい」

か細い声で、バリーが答える。異様な〝気〟が生じていた。その〝気〟がバリーの心を乱していた。

「きさまは、わしを裏切った」ラダ・シンは言う。

「失敗を重ね、ナタラージャ復活の妨げとなった。ミムメリアは、とうにここにきているはずだ。フェンスはすでに生贄《いけにえ》となってナタラージャに捧げられているはずだ」

「ボス」

「償《つぐな》え」ラダ・シンの目が炯《ひか》った。

「きさまの生命で、その罪を償え」

雷鳴が耳をつんざいた。

電撃が頭上で躍った。

閃光がホールを白く染める。

影が広がった。アスラの影だ。ラダ・シンの背後から、高々と湧きあがった。

6

「ひい」

バリーが悲鳴をあげた。

悲鳴をあげて、顔をひきつらせた。

浮足立った。タロスを除く四人の男が。四人とも恐怖に髪が逆立ち、腰が引けてじりじりとあとじさりをする。

ホバーチェアが上昇した。

ラダ・シンが印契《ムドラー》を結び、マントラを唱えた。

二体のアスラが降下した。アスラは大きく広がっており、そのさまはまるで黒いおぼろな霧のように見える。

分裂した。

男たちの真上で。

一体から二体のアスラが生じた。生じたアスラはさほど大きくない。直径で一メートルほどの円形の影だ。

四体のアスラが四人の男を襲った。

影が男たちの上に飛来した。

顔面に覆いかぶさった。影が頭部を包み、首から上が真っ黒になった。

バリーがのたうつ。両手を振りあげ、足を踏み鳴らして必死で抗《あらが》う。あとの三人も同じだ。声はでない。顔も見えない。四肢が跳ね、からだが浮く。

それは、あたかも舞踏のよう。

ターンダヴァ・ダンス。

ナタラージャが舞う、死の踊りだ。

やがて。

男たちの動きが鈍くなった。

舞踏が終わろうとしている。

足がもつれた。力が失せた。

男たちが倒れていく。ある者はつんのめるように倒れ、ある者は糸の切れた操り人形のようにくたりと崩れる。

四人がつぎつぎと床に転がった。手足が小刻みに震え、肌の色がどす黒くなった。

影が薄れはじめた。顔を覆っていた影がゆっくりと消える。

しみこんでいくのだ。影が男たちの皮膚から。砂に水がしみこむように、男たちの裡《うち》へと影は侵入する。

顔つきが変わった。男たちの頬がこけ、眼窩《がんか》が落ち窪《くぼ》んだ。大きく、うつろに見ひらかれていた目に、暗い光が宿った。

男たちのからだが波打った。ぴくりと背すじが跳ね、上体が床から離れた。

立ちあがる。四人の男が。

不可視の力に引きあげられたかのように、男たちがふわりと立つ。

「ぎい」

声が漏《も》れた。

不快な声だ。石と石とをこすり合わせれば、このような音が生じる。

ヴェーターラが生まれた。

四人の生命と引き換えに、四体のアスラが屍鬼《しき》となった。

「ぎいい！」

ヴェーターラが咆《ほ》える。四人の屍鬼が互いに顔を見合わせて、咆哮を発する。

「見たか、クラッシャー」

ホバーチェアがタロスの眼前に降りてきた。

ラダ・シンがタロスを指差している。

タロスは凝然と立ち尽くしていた。

おのれの目を疑っていた。

信じられる話ではない。理解できる現象ではない。

だが。

これは真実だ。四人の男が殺された。殺されたが、かれらはすぐに甦った。

ヴェータ一ラとして。

「夢だと思うているな」ラダ・シンが言った。

「まやかしだと決めつけたいのだろう」

「…………」

「違うぞ」かぶりを振った。

「これは力だ。ナタラージャが揮《ふる》う偉大な奇跡の力だ」

「…………」

「きさまにも同じ運命を与えてやる」ラダ・シンは、またも印契《ムドラー》を結んだ。

「死して死にきれぬヴェータ一ラの運命を」

アスラがきた。

タロスに向かって舞い降りてきた。

タロスが身構える。頭上を見あげ、アスラを睨む。
迫った。
タロスに。
アスラが分裂する。
広がり、あらたなアスラが生じる。
と、思ったときだった。
異変が起きた。
「うおっ」
ラダ・シンが叫んだ。叫んで、身をのけぞらせた。
ホバーチェアが揺らぐ。
アスラが疾《はし》った。
真横に疾った。
逃げたのだ。タロスから。
分裂を止めた。アスラは二体ともタロスから離れていく。
ホールの隅に至った。
「何を、何を持っている？」
ラダ・シンが言った。苦しげな声だった。喉《のど》の奥から絞りだしている。顔が醜く歪み、印契《ムドラー》を結んだ指がぶるぶると震えている。

持っている。

タロスはおのれの胸に手をあてた。

「何を持っている？」と問われて、思いあたるものがあった。

黄金の短剣だ。

それをタロスは胸ポケットに入れている。

ナタラージャの力を封じる聖なる宝剣。

まさか。これが。

本当にそうなのか？

タロスは混乱している。

「ザガカールめ！」ラダ・シンが言った。

「パールヴァティーの護符を渡しおったな」

ホバーチェアをあとじさりさせた。タロスと距離を置いた。ぎりっと歯を噛み鳴らした。

「よかろう」

目が吊りあがる。

「きさまをヴェータークーラにはできぬ。それは認めよう」うなるようにラダ・シンは言った。

「だが、わしには力がある。ナタラージャから与えられた秘儀がある」

印契《ムドラー》を組み直した。

「きさまは、わしのしもべになる」ラダ・シンは宣した。

「きさまの身には触れられぬ。しかし、きさまはわしの従者になる」

組んだ印契をタロスに向けた。

マントラを唱えた。

光がほとばしった。

印契を組むラダ・シンの指先から。

光はタロスを打った。

タロスの頭を直撃し、電撃がタロスの肉体を包んだ。

「うおおおお!」

タロスが絶叫した。苦悶し、頭をかかえて、からだをふたつに折った。

「きさまは、わしに従う」

声が響く。ラダ・シンの声が。

声なき声だ。耳から入ってくるのではない。ラダ・シンの声は、タロスの脳に直接届く。

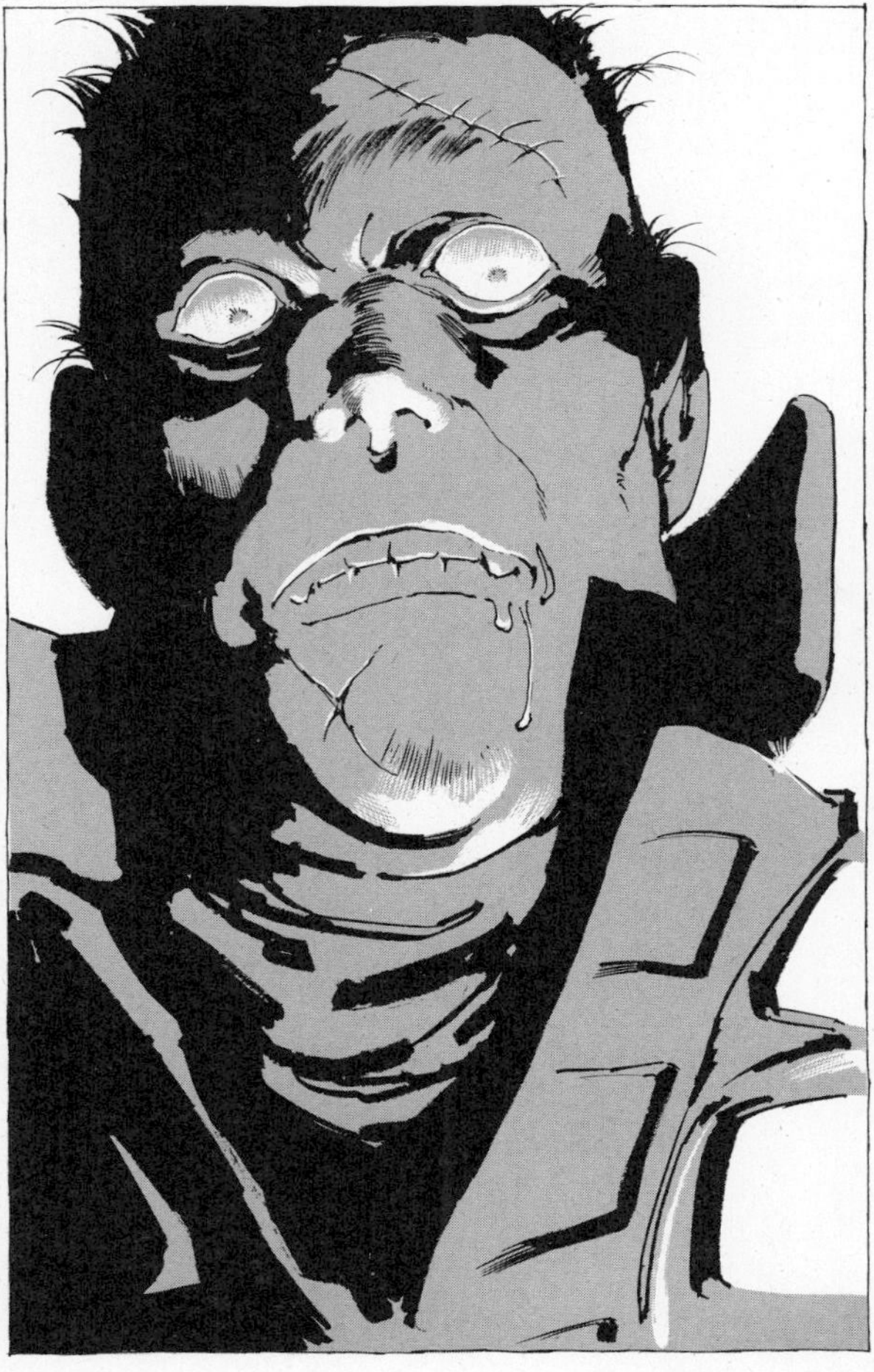

「狂え。人の心を捨てろ。きさまは獣だ。わしに仕える血に飢えた獣だ」
頭の中で、何かが爆発した。
タロスの意識が闇に沈んだ。
脳の一部が活動を止めた。かわって、そこにラダ・シンが入りこんだ。
タロスは意志を失った。
外見はタロスだが、タロスではない者となった。
膝をついた。前かがみに崩れた。四つん這いになり、ぐるぐると喉を鳴らした。
タロスは、おもてをあげた。
うつろな目に、暗い光が宿っている。
タロスは堕《お》ちた。
生きながら、魔道に。

第五章　地底迷路

1

「タロス！」

リッキーの声が、地下通路に反響《こだま》した。

二体のビーストをかかえこんだタロスが、光の中に消えた。

ふっと光が失せる。

白く輝いていた、まばゆい光が。

闇が戻った。光源に突っこんだタロスが、サーチライトを始末した。

リッキーとミミーは、すぐには動けなかった。混乱し、その場に立ち尽くしていた。

タロスがからだを張って、道をひらいた。襲ってきた二体のビーストをおのれひとりに引きつけ、さらには通路を照らしだしていたライトをも片づけた。

逃げる絶好の機会だ。この一瞬を利用すれば、地下に網の目のように張りめぐらされたククルの通路に精通しているリッキーとミミーは、敵の包囲をやすやすと破ることができる。

だが。

ふたりはためらった。

一瞬の隙を生かせなかった。

逃げるのは容易だ。とにかく走りだせばいい。しかし、そうすると、タロスを見捨てることになる。ジョウやアルフィン、それにスパーク団とも離れねばならなくなる。

数秒の逡巡《しゅんじゅん》だった。

その数秒が、ふたりの退路を断った。

「ぎい！」

ビーストがきた。

ショック・バトンを振りかざし、いきなりミミーの眼前に出現した。

「きゃっ」

ミミーがすくむ。腰のホルスターから電磁ナイフを抜くこともできない。

「このやろう！」

リッキーがわめいた。わめいて、床を蹴った。

飛び蹴りだ。

小さなからだが宙に舞い、ビーストの胸もとを狙う。レイガンをはたき落とされてしまったので、リッキーは武器らしい武器を持っていない。

右足のかかとが、ビーストの肩口にヒットした。

ビーストがのけぞり、バランスを崩す。

リッキーが着地した。あやうく転びそうになったが、なんとか持ちこたえてミミーの前に降り立った。

ビーストが体勢を立て直そうとしている。闇の底で蠢く気配がある。

リッキーはジャケットからアートフラッシュをひとつもぎとった。

それをビーストの影めがけて、叩きつけた。

炎が爆発する。

燃えあがり、火炎が躍る。

アートフラッシュはビーストを直撃した。

不死身の化物が、紅蓮《ぐれん》の炎に包まれる。

「ミミー！」

恐怖に顔をひきつらせて動きを止めている少女の腕を、リッキーは把《と》った。

ミミーは声もない。その眼前ではビーストが身を灼かれながらも、まだ獲物を求めて咆哮し、のたうっている。

リッキーはミミーをひっぱった。ミミーはショックで意識が空白になっている。口で言っても無駄だ。力で強引に動かすほかはない。

壁に沿い、リッキーが移動する。引きずられたミミーも、無意識ながら歩を運ぶ。

脇道があった。入った。右に折れて、進んだ。闇が濃くなった。

ふいに影があらわれた。行手の横からだ。意表を衝《つ》かれた。影は闇を裂いて唐突に湧きあがった。

「わっ！」

「ひっ！」

影とリッキーが同時に声をあげる。

リッキーは拳《こぶし》を握り、身構えた。ぶうんというハム音が、耳朶《じだ》を打った。

電磁ナイフがうなっている。

「誰だ？」

小声でリッキーが訊いた。

「俺らだよ！」

小声で相手が答える。

その声は。

「レイ」

リッキーの目が丸くなった。

「リッキーか？」

レイも言う。スパーク団のメンバーだ。ついさっきバディに紹介されたばかりの、ひょろりと背の高い少年である。

「たまげたぜ。おい」

相手がレイだと知って、リッキーは構えを解いた。

「こっちもだよ。心臓が破裂するかと思った」

レイは電磁ナイフの切っ先を下に向けた。ハム音が小さくなった。

「闇雲に逃げたら、ここにきちゃったんだ」レイは言葉をつづける。

「心細かったよ、ひとりきりで。だから、うろうろしていた」

「ミミーを連れている」リッキーは言った。

「とにかく、どこかアジトに逃げこみたい」

「あっちに行けば、心当たりがある」レイは背後を振り返り、闇の奥を指差した。

「俺らたちの溜り場じゃないけど、ミミーがいるなら、話をつけられる」

「そこへ行こう」

「オーケイ」

レイは、きびすを返した。
リッキーに背中を向けた。
と。
鈍い音がした。何かが弾けるような音だった。
レイの動きが止まった。
方向を転じたきり、そこで凍りついた。
「どうした？」
リッキーが訊いた。
レイの肩に手をかけた。
ぐらりと揺らぐ。レイがリッキーのほうに倒れかかってくる。
つぎの瞬間。
リッキーはシャワーを浴びた。
生温かい、ねっとりとしたシャワーだった。
血だ。
鮮血が噴出している。
首がない。レイの首が。倒れかかってきたレイのからだから、頭部が消え失せている。
ごぼごぼと血が噴きだす。

喉のあたりで、レイの首が切断された。その切断面から、血が霧となって四方に散っている。

「！」

悲鳴をあげた。リッキーは絶叫した。が、声が声にならなかった。

全身が震える。肌が恐怖で粟立《あわだ》つ。背すじが冷える。

レイのからだが崩れた。

崩れた向こう側に。

男が立っていた。うつろな表情の、頬がこけた顔色の青白い男。闇の中にぼおっと浮かんでいる。

ビーストだ。

たしかめるまでもなかった。直感で、それがわかった。

ビーストがレイの頭蓋を砕いた。

砕き、もぎとった。

殺されたのだ。仲間が目の前で。

そこでリッキーの記憶は途切れた。意識が白くなり、肉体だけが勝手に行動した。

まず叫んだ。

ただひたすらに大声を発した。

それからビーストに体当たりした。アートフラッシュを使うとか、ミミーの電磁ナイフを借りるとか、そういうことはいっさいなかった。頭からまっすぐにビーストの懐《ふところ》へと突っこんでいった。

自殺行為だ。

素手では絶対にビーストには勝てない。

ビーストがリッキーを受け止めた。

リッキーがしゃにむに両腕を振りまわす。

ビーストは意に介さない。リッキーを捕まえ、引き裂こうとする。

肩をつかんだ。爪を立てた。

そのとき。

閃光が疾った。

白い光が、リッキーの左胸からほとばしった。

光がビーストを打つ。

「ぎい！」

ビーストが悶絶した。

身をよじり、のけぞった。

護符だ。パールヴァティーの宝剣。光を放ち、ナタラージャを封じる。

「ぎい！」

ビーストが逃げようとした。だが、足が動かない。全身が凝固している。

光が丸い輪となって広がった。

ビーストを包んだ。

皮膚が破れた。

肉が腐った。腐って、崩れた。骨があらわになった。

ビーストがリッキーから離れた。両の手首がちぎれ、ビーストだけが仰向けに倒れた。

ビーストはくずおれ、ぐずぐずと床に溶け落ちていく。

光が肉を浸す。浸食し、溶かす。

リッキーは棒立ちになっていた。何が起きたのか理解できない。凝然と立ち、ビーストが消滅するさまを見つめている。

やがて。

光が散った。

ビーストが失せた。

リッキーが立っている。目を大きく見ひらき、首を小刻みに横に振っている。

膝ががくがくと震えた。

激しく震えた。

立っていられない。力が萎《な》える。

へたりこんだ。膝を折り、腰が落ちた。

リッキーは床にすわりこむ。足を投げだし、背中が丸くなる。

瞳に光がなかった。思考が停止していた。

失神ではない。しかし、限りなく失神に近い。

リッキーは忘我の状態となった。

2

「リッキー。リッキー!」

名前を呼ばれる。

「リッキー。しっかりして」

何度も呼ばれる。

女の声だ。聞き覚えがある。でも、誰だろう。

そんなことを、リッキーは考えた。

背中を揺すぶられる。平手で頬が叩かれる。

「リッキー!」

声が高くなった。

「うるさいなあ」

知らず、答えた。答えてから目をあけた。

ぼんやりとしている。目をあけても、視界は真っ暗だ。あける前と大差ない。

「誰だよ。さっきからごちゃごちゃと」

リッキーはつぶやいた。

瞳を左右に動かす。

焦点が定まってきた。ものの形が見てとれるようになった。

顔がある。真正面に。覗きこみ、リッキーの様子をうかがっている。

「気がついた？」

覗きこんでいる相手が訊いた。

やはり男ではない。少女だ。髪の毛がけばけばしい。三色に染め分けられている。ミミー。ミミーである。名前を思いだした。ピアスが耳にいくつも留められていて、その宝石が淡い光を集めてきらきらと燦《きらめ》いている。

「やあ、ミミー。きれいだね」

まだ半失神状態から抜けきれていないリッキーは彼女の容貌について、率直な感想を述べた。

「なに言ってんのよ！」

なかば照れたミミーが、ちょっと強めの平手打ちをリッキーの右頬に見舞った。

小気味いい音が闇に響く。

「てててて」

効果的な一発だった。

リッキーは我に返った。

「ミミー」

リッキーが身を起こす。

「無事だったんだね」

ぼそりと言う。

「それは、あたしの質問よ」

「え？」

リッキーの目が丸くなった。

「どうなってんの？　ここ、どこなの？　みんなは、どこ行っちゃったの？」

ミミーが早口で質問を連ねた。

「待ってくれ。ミミー」

リッキーが制した。

立ちあがり、周囲に目をやる。

暗い。闇が深く、一メートルくらい先になると、もう何も見てとれない。

記憶が甦ってきた。

ショックで硬直していたミミーを連れて、リッキーは脇道に入った。そこでレイに会った。レイはビーストに殺された。そして、ビーストは……。

「ここは脇道だ」ミミーに向き直り、リッキーは言った。

「俺らはミミーをひっぱって、ここまで逃げてきた。そうしたら、ビーストに襲われたんだ。俺らは必死で戦った。ビーストは消えた」

レイの死は伏せた。ビーストがどうしていなくなったのかも説明できなかった。撃退したのかどうかを覚えていないのだ。しかし、いまビーストがここにいないのは事実である。

「血だらけだわ。返り血ね」

リッキーの顔を示し、ミミーが言った。レイの血だ。それをミミーはビーストのそれと誤解した。

「戻るの？　さっきのところに」

ミミーが訊いた。大通り以外のククルの通路は迷路だ。ククルの住人でも、慣れていない場所だと道に迷う。

「話を聞いて、ここがどのあたりか見当がついたわ。あたし、このあたりなら詳しいの」

ミミーは言った。

「しっ」

その言葉をリッキーがさえぎった。

「え？」

ミミーはきょとんとする。

「足音だ」ミミーの耳もとに口を寄せ、リッキーは囁《ささや》いた。

「誰か、こっちにくる」

壁に身を寄せ、ふたりは耳を澄ませた。

リッキーの言ったとおりだった。ブーツのかかとが床を蹴る硬い音が、闇の底から聞こえてくる。足音は複数だ。走っている。こちらに向かっている。

「味方？　敵？」

ミミーの緑がかった碧《あお》い瞳が、リッキーを見据えた。

「クラッシャーじゃない」リッキーは言った。

「クラッシュジャケットのブーツはあんな音を立てない」

クラッシャーでなければ、敵である。もしかしたら、この界隈《かいわい》の住人かもしれないが、それでも味方ではない。

「ミミー」リッキーが言葉を継いだ。

「下へ行こう」

低い声で言う。

「した？」

「ククルの二十八番街だ。こっちから行けるだろ。あそこなら、俺らの縄張りだ。ばっちり隠れられる」

「縄張りって、三年前でしょ」

「どうってことない」リッキーは首を横に振った。

「三年だろうと、五年だろうと、縄張りは縄張りさ。どうにでもなる」

「そうかしら」

「そうだよ」

「いいわ」ミミーは肩をそびやかした。

「信じたげる。行きましょ。下に」

「行けるのかい？」

「ついてきて」

ミミーが身をひるがえした。ふわりと動き、闇の奥に飛びこんだ。リッキーも、そのあとを追った。

ミミーが進む。

複雑な迷路を。

ここはククルであって、ククルではない。トワイライト・ゾーンだ。ワームホールのような落とし穴ではなく、地下へ向かうちゃんとした通路となると、そういくつもない。数が限られてくる。

闇の通路をふたりはひた走った。上へ、下へ、横へ。ミミーは自在に通路を選ぶ。

いつの間にか、追っ手の足音が消えた。

通路が異常に狭くなった。幅がリッキーの肩幅くらいしかない。

「へっ。タロスを連れてきたかったぜ」

独り言を言って、リッキーは笑った。

行手に光が見えた。矩形《くけい》の小さな光だった。

ミミーが足の運びを緩めた。追突しそうになり、リッキーはそのことに気がついた。

「大通りよ」小声で言った。

「どうしても省けないの。あそこだけは、少しだけ通んなきゃなんない」

地下都市ククルは複数の階層に分かれている。それが何層に分かれているのかは、誰も知らない。しかし、とにかく分かれている。

階層は街と言いならわされ、たしかに街のような外観を持っている。しかし、厳密にいうと、それは街ではない。本当は街と街とを隔てている、街によく似た空間である。トワイライト・ゾーンもそうだ。スーサイダーの駅からつづいている空間は、トワイライト・ゾーンと呼ばれる街である。そこには大通りがあり、ビルが並んでいる。

だが。

トワイライト・ゾーンの本体は、その空間を取り巻く岩盤の中に隠れている。いままでミミーとリッキーが走りまわってきた通路がそれだ。ククルの人びとは岩盤を掘って穴ぐらのような家をつくり、その中に住んでいる。穴は勝手に掘った。計画も何もない。穴と穴とはトンネルでつないだ。それが自然に通路となった。地下都市計画によってつくられたトンネルが大通りと呼ばれ、そうでないトンネルは単に道とか通路とか呼ばれている。そして、いたずら好きのやつが落とし穴のように掘った仕掛けつきのトンネルが、ワームホールである。そのほかに、土木設計の心得のある人間が掘った、何層もの階層を一気に滑り落ちることのできる〝フリーフォーラー〟というトンネルも、そこかしこに存在する。ワームホールのフリーフォーラーさえもある。

リッキーとミミーは、とりあえず大通りに面した出口のところまで進んだ。

そおっと外を覗き見た。

「ううむ」

いる。


リッキーがうなった。

大通りがにぎわっている。人びとが行き交い、モーターカートが車道を走りまわっている。

「怪しそうなやつ、いる?」

ミミーが訊いた。

「怪しいのばっかりだ」

リッキーは顔をしかめた。

ククルは無法都市だ。トワイライト・ゾーンは、その交易所である。そう思って見れば、どの顔であろうと、みな胡散臭《うさんくさ》い。

「あっちよ」ミミーが左手前方を指し示した。

「あっちに抜けて通路にもぐりこむと、最高に出来のいいフリーフォーラーがある。去年、パパがこっそりと掘らせたの。二十八番街が五層目でしょ。あれなら、簡単に行けるわ」

「マドック・ザ・キングが掘らせたフリーフォーラーか」リッキーの目が輝いた。

「そりゃ、すごいや」

「問題は、どうやって、そこまで行くかよね」

ミミーが言った。

「絶対にまぎれこんでるだろうな。ビーストは」

リッキーが腕を組む。大通りは眼下にあった。通路の出口は、通りから三メートルくらいのところに口をあけている。ビルの外壁だ。誰かが外観をビルに仕立てた岩盤に、勝手に掘ってしまったトンネルである。だから、異常に狭い。

モーターカートが走ってきた。車道から外れ、歩道に向かってきた。

モーターカートはククルの足である。大型の貨物は、これで運ぶ。ふたり乗りの電気自動車で、車輪がついている。最高速度は三十キロ。スポーツ用のバギーに荷台を設けたようなデザインだ。

カートが止まった。

歩道の脇、リッキーたちの目の前だ。

カートには、ふたりの男が乗っていた。助手席の男が降りた。荷台にコンテナが積んである。それをリフトで歩道に降ろした。

「こいつは、いいや」

リッキーが言った。

「どうしたの？」

「あれ使おう」

リッキーはカートを指差した。

「使う？」

ミミーには、その意味がわからない。

「借りるのさ」リッキーはにやりと笑った。

「借りて、大通りを突っ走る」

「泥棒じゃない」

「ククルだぜ」

「そうか。あんたの本業だ」

ミミーは納得した。

「たは」

リッキーはひっくり返った。

降ろしたコンテナを、助手席の男がどこかに運んでいく。カートには運転手がひとりきりで残っている。

「オッケイ。借りましょ」ミミーが言った。

「おもしろそうよ。こういうの」

言って、リッキーを見た。笑顔をつくった。

驚くほど愛らしい笑顔であった。

3

「一発勝負だ」

リッキーが通路の出口から身を乗りだした。ここからカートの上に飛び降りて、運転手を放りだす。そしてミミーが乗る。そういう段取りだ。

単純だが、荒っぽい。

「いつも、こんなやり方をしてたんだ」

リッキーは、そう言った。

「よく生き延びたものね」

ミミーはあきれた。

カートの運転手は、退屈そうにハンドルにもたれかかっていた。トワイライト・ゾーンとはいえ、ここはククルだ。気は抜けない。携帯ビデオなどを見ていたら、間違いなく強盗に不意を衝《つ》かれる。だから、運転手は何もしない。シートに腰を置き、周囲に気を配って、相棒の帰りを待っていなければならない。

しかし、この運転手は緊張を欠いている。

大男だ。腕が太く、胸が厚い。喧嘩《けんか》に自信があるのだろう。それが逆に油断につながっている。

タイミングをはかった。

両手をひらき、出口の角をつかんで、リッキーは身構えた。

運転手が、あくびをした。

いまだ。

飛び降りた。強く蹴り、リッキーは思いきり前方に跳んだ。

目標は助手席だ。

落下する。

足から落ちる。

一瞬だった。

すごい音がした。シートのクッションで、からだが跳ねた。

「わっ!」

運転手が仰天する。無理もない。いきなり頭上から人間が降ってきたのだ。

「ごめんよ」

リッキーが運転手に体当たりした。肩口から当たって、運転手をシートの外に押しだした。

「ぎゃっ」

いくら腕っぷしが強くても、これはひとたまりもない。横から押されて、簡単にバランスを崩した。

運転手がカートから転がり落ちる。頭が下になり、頭頂を歩道でしたたかに打つ。

鈍い音が響いた。

リッキーが運転席におさまった。

と、同時に。

「きゃっほう！」

歓声をあげて、ミミーが助手席に落ちてきた。

「行くぜ」

リッキーがカートを発進させた。

「こ、こら！」

放りだされた運転手が、頭をかかえて大声で叫ぶ。が、追うことはできない。ダメージが大きくて、路上にへたりこんでいる。

「つかまってろよ！」

リッキーがミミーに向かって言った。

ハンドルを切る。

カートが車道を横切る。ほかのカートのことなど、おかまいなしだ。スロットル・ペダルをいっぱいに踏みこみ、リッキーは最短距離で通路の入口をめざす。

「あっちよ！」

腕を伸ばして、行先をミミーが教えた。

カートが反対車線に突入した。

カートとカートのあいだをリッキーは縫う。

大混乱だ。リッキーのカートを避けようとしたべつのカートがハンドルを切りそこねて横転する。そこにまた、ほかのカートが突っこむ。

歩道に乗った。

カートが跳ねて、タイヤが悲鳴をあげた。

人がきた。

逃げるのではなく、わらわらと集まってきた。

スペースジャケットを着た屈強な男たちだ。
四、五人いる。横に並び、カートの行手に立ちはだかろうとしている。ショック・バトンや小型のレイガンを手にした男もいる。
予想どおりだった。

ビーストかどうかはわからないが、やはりここにも敵がひそんでいた。

かれらはミミーとリッキーの姿を認めた。

目立つことをしたのだ。見つかって当然である。それは覚悟の上でカートを使った。
「どけ。どけい！」
リッキーが怒鳴る。
カートが暴走する。
男たちが迫る。時速三十キロだ。向こうも平然としている。ビーストなのだろうか。
恐怖の色を見せない。
男たちがきた。
カートめがけて、飛びかかった。
「でえいっ！」
リッキーがハンドルをまわす。
カートを蛇行《だこう》させる。左右に尻を振り、カートが歩道を疾駆する。
跳ね飛ばした。男たちを。左右に振られた車体が、群がる敵を蹴散らした。
なかなかのテクニックである。
「きゃっ」
ミミーの腰が浮いた。
カートのスラロームにリズムが合わなかった。
振り落とされそうになる。

まずい。
リッキーがハンドルを戻した。
隙ができた。
そこを狙われた。
そいつは、間違いなくビーストだった。
ひとりの男が電光のごとく動き、素手でカートの車体をつかんだ。
爪がボディを切り裂いた。ボディだけでなく、爪はタイヤにも届いた。
駆動輪がバーストする。
カートが跳ねた。宙を舞い、ななめになった。
「わっ」
「きゃっ」
横倒しになる。ボディの右側が下になった。
火花を散らし、カートが滑走する。
リッキーがミミーをかかえた。腰に腕をまわし、シートを蹴った。
歩道に向かって、カートから飛ぶ。
空中で、体を入れ替えた。
ミミーを上にして、背中を下に向けた。

歩道に叩きつけられる。目の前が真っ白になった。激痛で息が詰まり、全身が激しく痺《しび》れた。

滑っていく。仰向けになってリッキーが歩道の上を。ミミーをかかえた腕は放さない。しっかりと彼女を抱きしめている。

肩が壁にぶつかった。したたかにぶつかり、また痛烈な衝撃がきた。

リッキーが呻く。

止まった。

スライディングが終わった。

「リッキー！」

ミミーが跳ね起きた。

「しっかりして」

リッキーの腋《わき》に肩を差し入れ、支えになった。

リッキーが立ちあがる。ミミーの助けを借りて、よろよろと立つ。

「早く。通路に」

消え入りそうな声で、リッキーがミミーに言った。

通路の入口まで、もう五メートルとない。

リッキーをかかえて、ミミーは通路をめざした。リッキーは片足で跳ねながら、ミミーの動きについていく。

飛びこんだ。

通路の中に。

ビルとビルの隙間だった。その奥にミミーは、入っていった。

トンネルがあった。ドアのないトンネルだ。狭い。

ミミーがもぐりこんだ。足からもぐりこみ、腕を伸ばしてリッキーを引き入れた。

通路を這い進む。真っ暗な通路だ。ミミーはリッキーの手をしっかりと握っている。

しばらく行って、枝道に移った。トンネルが少し広くなった。立って歩ける高さになった。

リッキーが立ちあがる。ミミーが手を貸す。

「大丈夫だ」リッキーが言った。

「楽になった。骨はなんともない。頭も打ってない」

「本当に？」

ミミーは信用しない。

「ククルで生き延びてきたんだぜ」

リッキーは苦痛にうなりながらも、強がりを言う。

「あと少しよ」

ミミーが先に立った。通路をまた複雑に移動した。ときおり止まって様子をうかがうが、ビーストが追ってくる気配はない。どうやら完全に敵を撒《ま》いたようだ。

十数分歩いた。

階段をあがった。そこをわずかに下った。

ミミーが足を止める。

「ここよ」リッキーに向かって言った。

「ここがフリーフォーラーの入口」

通路の壁を指し示した。

何もない。ただの壁だ。

「マドック・スペシャルっていうの」

ミミーが微笑んだ。

いたずらっぽい微笑だった。

4

「隠し扉だろ」

リッキーが言った。言って、腕を伸ばした。てのひらが壁に触れた。リッキーは、ミミーが指差したあたりをゆっくりと撫《な》でまわした。

「スイッチだったら、もう少し下よ」ミミーがリッキーの横に並んだ。

「ここにセンサーが埋めこんであるの」

壁に向かって手をかざした。ちょうどリッキーの腰のあたりである。

「光？　熱？」

リッキーが訊いた。

「併用ね。誤作動を防ぐため、スイッチは十五秒でオンになるようになっているわ。――ちょっと、いい？」

ミミーの手が、壁からリッキーの肩の上に移動した。

「向きを変えて、背中を壁にくっつけるのよ」

リッキーのからだを百八十度まわした。リッキーは素直に動いた。

「体重を預けて、壁にもたれかかるの」

「こうかい？」

リッキーは神妙にミミーの言うことをきく。

「右手はそのまま。左手だけ、頭の上に挙げて」

「………」

「どんでん返しってやつよ」ミミーは言葉をつづけた。

「もたれかかってスイッチを入れると、壁が上下にひっくり返り、トラベラーがフリーフォーラーの中に頭から滑り落ちる」

「大胆な仕掛け」

リッキーが丸い目をさらに丸くした。旅行者《トラベラー》とは、フリーフォーラーで地下に降りようとする者の通称である。

「センサーの場所、わかる？」

ミミーが訊いた。

「このへんかな？」

リッキーは右手の指先で、壁を探った。

「あったかいや。ここ」

指を止め、つぶやくように言う。

「だったら、そこよ」

ミミーはうなずいた。

センサーの埋めこまれた場所は、温度が違う。少し温かい。それで位置がはっきりする。

「そのまま十五秒そこに手を置いていたら、スイッチが入るわ」

「俺らが先かい？」

リッキーは不安そうにミミーを見た。

「ぐずぐずしてたら、ビーストに追いつかれるわよ」

ぴしゃりと言い、ミミーは一歩うしろに退った。

リッキーから離れた。

リッキーの表情が緊張で硬くなっている。フリーフォーラーで地下に降りるのは、これがはじめてではない。何度もある。しかし、こういう仕掛けで飛びこんだ経験は一度もない。ふつうはななめに掘られているトンネルに、足から入っていく。すべり台と同じ要領だ。

ぎごちなく、リッキーは身構えた。

十五秒が経過した。

だしぬけだった。音はない。ショックもなかった。

壁がくるりと回転した。

一瞬だった。

跳ねあがるように壁がひらいた。中心を軸に、壁の一角が裏返った。

あっと声をあげる間もない。

からだが浮いた。逆さまになった。

周囲が真っ暗になり、風切り音が耳をつんざく。

ミミーの眼前からリッキーが消えた。

と同時に、壁がもとどおりの壁に戻った。

ひらいて閉じた痕跡は、まったくない。

「壊れてなかったみたいね」

ミミーはにこりと笑った。笑って、壁の前に立った。

「じゃあ、あたしも行くわ」

きびすを返し、背中を壁にもたせかけた。


「あわわわわ」

リッキーはうろたえていた。

落下している。頭が下になったままで。

恐怖がよぎった。何かしくじったのでは、という思いが脳裏をかすめた。この恰好で落ちて目的地に着いたら、首の骨が折れてしまう。

即死だ。

背筋が冷えた。

が。

それは杞憂《きゆう》にすぎなかった。

さすがはマドック・スペシャル。キングのフリーフォーラーである。

ぬかりはない。

途中にスイッチバックが設けてあった。

トンネルがUの字になっている。穴の傾斜に身を任せていると、大きな弧を描いて頭が上になる。

リッキーは垂直に立った。立ったところで、すとんと落ちた。今度は足のほうからだ。上下が入れかわった。

まっすぐに降下する。トンネルの直径はおよそ一・五メートル。十分に広い。

リッキーの肩と腰が、トンネルの壁に接触した。押しつけられるような感覚がある。

カーブだ。どうやらトンネルが緩くカーブしているらしい。スピードを減じるためだ。

フリーフォーラーでは、こういったカーブで落下速度が調整される。摩擦熱《まさつねつ》は問題にならない。トンネルの壁に特殊な塗料が塗ってあり、それが熱を吸収する。

スピードが遅くなった。リッキーのからだが、ほとんど真横になり、落ちているという感じがまったくなくなった。

階層の切れ目だ。

フリーフォーラーからの出口がある。

出口が近づくと、トンネルの斜度は五度を切る。速度は極端に殺され、止まりそうに

なる。そして、トンネルの脇に、脱出口があらわれる。脱出口の向こうは、出口につながる通路だ。そこで横に転がれば、トラベラーはその通路にもぐりこむことができる。

至れり尽くせりだ。構造はほかのフリーフォーラーと大差ないが、マドック・スペシャルは造りが異なる。実に心地がいい。土木工学の専門家が設計したのだろう。これはフリーフォーラーの傑作である。素人が余暇を利用して掘ったのとは大違いだ。

五層下るのに、十分とかからなかった。

信じられないほど快適に、数百メートルを滑り降りた。

後半は余裕だった。

リッキーは勘を取り戻した。

階層をかぞえながら、悠然と落下する。慣れた者には、ジェットコースターと同じだ。ときには、からだをよじって向きを変えたり、壁を蹴ってスクリュー状に転がったりもする。

そうこうするうちに。

五層目のステーションに到達した。

「ちえ」

リッキーは舌を打った。もう終わりだ。少しもの足りない。

壁に脱出口がひらいた。

リッキーは横に転がった。フリーフォーラーのトンネルから外れ、通路に入った。慣性でほんの少し滑って、リッキーのからだは停止した。

立ちあがる。

真正面に出口があった。目印だろう。小さな明りがついている。

リッキーは出口に向かわなかった。その場でミミーを待った。

三十秒ほど待った。

ミミーが滑りこんできた。

リッキーの足もとで止まった。

上体を起こそうとする。リッキーは手を貸した。

「どう？」

ミミーがリッキーに訊いた。

マドック・スペシャルの感想を知りたがっている。

「金をとろうよ。儲《もう》かるぜ」

リッキーは言った。

最高の褒《ほ》め言葉である。

「でしょ！」

ミミーは跳びあがって喜んだ。

父親のつくったものを褒められると、自分のことを褒められるよりも嬉しい。相当なファーザー・コンプレックスである。

「行こう。二十八番街に」

リッキーは言った。

ふたりは通路を歩いた。

二十八番街は、フリーフォーラーのトンネルからかなり離れていた。通路から通路を、えんえんと渡り歩いた。

途中で案内役がかわった。リッキーの縄張りに入ったのだ。通路に見覚えがある、とリッキーが言いだした。事実、リッキーの主張するように通路はつながっていた。

通路が広くなった。

広くなったが、人の通る場所は狭い。

ガラクタのせいだ。

進むにつれて、ガラクタがそこかしこに積まれているようになった。プラスチックハウスの残骸。エアカーのボディ。コンテナの蓋《ふた》。からみあったワイヤー。中には鑿岩《さくがん》用のマシンが通路の横にそのままはめこまれているものまである。

「なにこれ？」

ミミーが尋ねた。さすがに鑿岩用のマシンとなると興味が湧くらしい。

「家さ」

リッキーは答えた。簡潔な答えだった。誰かがローデスの開発初期に使っていた鑿岩用のマシンをかっぱらってきた。そして、それを埋めこんで住まいにした。

「ガラクタは、みんな穴ぐらの仕切りになっている」リッキーは説明した。

「ここの連中は、とにかくなんでもぱくってくるから、すぐにガラクタだらけになる。そうしたら、それを建材として利用するんだ」

「ついていけないわ」

ミミーは肩をすくめた。

「家には空きが多い」リッキーはつづけた。

「手当たり次第につくるからいくらでもあるけど、なにしろガラクタが材料なんで、不出来なやつはいやんなるほど住みづらい。そうすると、すぐに捨てちまう」

「わかってきたわ。狙いが」ミミーの目がきらりと炯《ひか》った。

「狙ってるのね、適当な空家を」

「あそこだ」ふいにリッキーが足を止めた。

「あそこに、いる」

右手に向かって、あごをしゃくった。

「えっ、どこ？」

ミミーは、あわてて首をめぐらした。

広い通路だ。薄暗いが、真っ暗というほどではない。その通路の一角に、やはりガラクタを寄せ集めた小川のようなものがある。

「まだ生きてるかな、リゼ婆さん」

リッキーは言った。

また、歩きはじめた。

ガラクタの小川に近づいていく。

影に入った。積みあげられたガラクタが壁をなし、重なりあってできた隙間に深い影が刻まれている。

「待ってよ」

ミミーがリッキーのあとを追った。

5

影の中を進んだ。

迷路だった。隙間は複雑に折れ曲がり、どこをどう歩いているのか、まるでわからない。

明りが見えた。

行手がぼおっと明るくなった。

「いた、いた」

リッキーが言った。

明りの手前で止まった。

手まねきして、ミミーを呼ぶ。人差指を立て、それを唇の前に置いている。口をきくな、というしぐさだ。

「………」

ミミーは無言で、リッキーの横に並んだ。

リッキーの視線をたどった。ガラクタがあふれている。どこもかしこもガラクタだらけだ。しかも、異様な匂いがあたりに漂っている。

そのガラクタの中に。

なにやら人のようなものがいた。

シルエットは人だ。ボロくずに似ているが、そうではない。ずたずたに裂けた衣服をつなぎ合わせ、何着も重ねて着ている。だから、ボロくずに見える。しかも、うずくまっているから、なおのことボロくずに似る。が、それはたしかに人だ。

ボロくずが動いた。動いて、顔があらわれた。

老婆だった。

百歳。いや、もっと年老いている。老《ふ》けこみやすい宇宙生活者はべつとして、この時代、都市に住む者はみな長命だ。人工器官を使えば、百二十歳でも壮年の若さを保つことができる。

「誰じゃい」

とつぜん声が響いた。しわがれ、甲高くかすれた、きしみ音のような声だった。しかし、その声ははっきりと響いた。

「そこにいるのは、誰じゃい」声は言う。

「隠れても無駄だよ。もうキャッチしたんだ。名乗るか、帰るか、どちらかにしな。でないと、命はないよ」

すごんだ。

迫力がある。

「かなわねえや。リゼ婆には」

リッキーが言った。大声で言い、影の中から老婆の前へとでていった。

「覚えてるかい、俺らを」

リッキーは老婆のしわだらけの顔を見据えた。

老婆の動きが止まった。びくっと肩を震わせ、それから凝固した。

「時間が流れてないんだな。ククルってまちは」

リッキーは指で鼻の下をこする。

「あ」

老婆の目がひらいた。大きくひらき、驚きの声をあげた。しわに埋もれ、どこが目で、どこが鼻で、どこが口だかわからぬ顔であったが、そのときはじめて目と口の位置がわかった。

「おまえは、泣きべそリッキー！」

老婆が叫んだ。

「泣きべそはよけいだい」

リッキーは、むくれた。

「生きていたのか、おまえ」

リッキーのクレームを意に介さず、老婆は言を継いだ。

「生きてるさ。ちゃんと」気分を害したまま、リッキーは言った。

「三年ぶりだけど、リゼ婆のことは忘れなかったんだ」

「あたりまえじゃ」老婆は言った。

「あんだけ世話になって忘れていたら、とんだ恩知らずよ」

「ひでえなあ」

「誰なの？　この人」

ミミーが小声で、リッキーに訊いた。

「情報屋さ。このあたり一帯の」リッキーも小声で答えた。

「ガラクタならなんでもあさるから、そのついでに情報もあさってきちゃうんだ」

「調子いいのね」

「よすぎるんだよ」

「何をぶつくさ言っとる」

「なんでもないよ」リッキーはあわてて首を横に振った。

「連れがいるんだ。だから、頼みたいことがある」

怒鳴るように言った。

「連れ？」

老婆が顔を前に突きだした。

覗きこむように、リッキーとミミーを見た。

「あらま」口をぱっくりとあける。

「こりゃまあ、女じゃないか。それもえらいべっぴん。リッキー。おまえ、ついに女をつくったか」

「そんなんじゃないよ！」

リッキーは真っ赤になった。

「ええて、ええて」老婆は手を左右に振る。「男は女ができて一人前。――うん。女連れで頼みってなんじゃ？」

「しょうがねえなあ」

リッキーは口もとを歪めた。ちらとミミーに目をやる。そして、また老婆に向き直った。

「家を探してるんだよ」リッキーは言った。「ひと休みできそうな空家。外から見られないところがいい」

「空家ねえ」老婆は、ほほと笑った。

「そうじゃろうなあ。女と一緒では、外から覗かれない空家が要《い》る。ほんにそのとおりじゃ」

「違うってば！」

「リッキー」

老婆の口調が変わった。いきなり低くなった。

「え？」

「しきたり、忘れとらんじゃろな」

老婆は言う。

「しきたりって？」

「わしにものを頼むときのしきたりじゃ」

「金のことかい？」

「品物でもよいぞ」

「本当に変わってねえや」

リッキーはポケットから千クレジットの硬貨を取りだした。ちんぴら時代はあらゆることをネタにして、この老婆はリッキーから稼ぎをむしりとった。そのことを思いだした。

「ほいよ」

リッキーは硬貨を老婆に向かって投げた。

「けっこう」

襤褸《ぼろ》の中から枯枝のような腕が伸び、硬貨を空中でつかんだ。

「六十四丁目の裏は、わかるか？」老婆が問う。

「むかし、アル中バーナードが住んどったあたりだ」

「わかるよ」

リッキーはうなずいた。

「そこに、パワーモジュールをはめこんだ家がある。裏のずうっと奥じゃが」

「ずうっと奥」

「目印は、DANGERの文字じゃよ。モジュールに蛍光塗料で書かれているから、実によくわかる。その家が空家になっておる」

「六十四丁目の裏だね」

リッキーは念を押した。

「DANGERの文字じゃよ」

「わかった」

「行くのか、すぐに」

老婆は訊いた。

「急いでるんだ」

リッキーは言った。

「女と一緒だからな」

「なんでもいいだろ」リッキーは、身をひるがえした。

「今度、ゆっくりくるよ」

ミミーに、行こう、と合図を送る。

「いつでも、いいぞ。しきたりさえ覚えてりゃ」

老婆が応えた。

「お婆さん、さよなら」

ミミーが言った。

言うのと、同時だった。

ふたりの姿が消えた。闇の中に沈んだ。

「もう帰っちまいやがった」しばらく間を置いてから、老婆は肩をすくめた。

「恩知らずめ」

姿勢を戻した。

口をつぐみ、丸くなった。またぴくりとも動かない、ボロくずと化した。

そして時間が流れた。

どれくらいの時間かは、判然としない。

だが、たしかに数時間が流れ去っていった。

電子音が鳴った。家のまわりに張りめぐらした警報装置の警戒音だ。それが、老婆の耳もとでかすかに鳴った。

老婆はレーザーガンの自動照準機をオンにした。

「誰じゃい」うしろを振り向き、怒鳴った。

「隠れても無駄だよ。キャッチしてるんだ。名乗るか、帰るか、どっちかにしな」

啖呵《たんか》を切った。

「ぎい」

耳障りな音がした。

それは声だった。

老婆の吹呵に対する返事のかわりに返ってきた、不吉な声だった。

「ぎい」

声が響く。石と石とをこすり合わせているような、いやな声だ。

老婆のからだが、ぞくりと冷えた。

匂いを嗅《か》いだ。

その匂いが何かを老婆は知っていた。

死の匂いである。

6

六十四丁目まで歩いた。

それほど遠くはなかった。ガラクタだらけの通路をしばらく歩くと、そこはもう六十四丁目だった。

家を探した。土地鑑《かん》のあるリッキーだが、家を探すのは容易ではなかった。隙間のように細い通路にもぐりこみ、曲がりくねった空間を果てしなく奥まで進んだ。

迷い、放浪し、疲れた。

「もういいわよ。空家なんて」

ミミーがそう言いだした。

言って、通路の端にしゃがみこんだ。

DANGERの文字が見えた。

彼女の足もとである。

見当たらないはずだ。いくら蛍光塗料で書かれていても、これは犬や猫の目の高さである。

今度は入口を探した。

老婆は誠実だった。強欲で高圧的だったが、少なくとも情報に嘘はなかった。

他人に覗かれにくい空家である。

窓もドアもない。

探しに探して、見つかった。

入口は地下にあった。いったん通路の脇の穴にもぐり、垂直に下ってから上に登る。

すると、家の中に入ることができる。

まるでパズルだ。

精根尽き果てて、リッキーとミミーは隠れ家に到着した。

目がくらむ。

立っていられない。

ふたりは、床にへたへたとすわりこんだ。

ガラクタにもたれ、目を閉じた。

意識が薄れていく。眠けが波濤《はとう》のごとく押し寄せてきて、リッキーとミミーをひと呑みにする。抗しきれない。

本来なら、どちらか一方が起きて不寝番をしていなければならなかったが、そんなことはできる状況ではなかった。

あっけなく引きずりこまれた。

深い眠りの中に。

音がした。

リッキーは、夢の中でその音を聞いた。広いハイウェイをエアカーで疾駆している。

そこへ、人間が飛びだしてきた。男だ。いきなりでてきたので、避けようがない。

エアカーが男をはねた。金属音が響き渡った。エアカーは瞬時に停止した。

男が起きあがった。血まみれだ。頭が半分つぶれている。にもかかわらず、男は立ちあがった。立ってリッキーに向かい、にやりと笑った。

ビーストだ。リッキーに迫ってくる。

起きた。

リッキーは跳ね起きた。硬直し、バネ仕掛けの人形のように弾けて起きた。

正面を凝視する。

意識がぼんやりとしていた。それでも、覚醒している部分がわずかにあって、そこがリッキーに夢を見たのだと教えている。

夢だった、とリッキーも理解しはじめた。

まわりが薄暗い。ぼおっとした光がどこかから差しこんでいる。その光で、濃い影がいくつか生じている。まわりに積みあげられているガラクタの影だ。

正面にいびつな形状の影があった。

人間のシルエットに酷似している。

そっくりだ。

と、リッキーは思った。

気のせいか、その影が動く。

動いて、少しずつ大きくなる。

まるで、近づいてくるみたいだ。

「う、うーん」

ミミーが小さくうなった。

肩をあげ、目をひらいた。ゆっくりと上体を起こした。

リッキーはミミーを見た。ミミーはリッキーの右どなりで、うつぶせになって眠っていた。

目を覚ましたミミーがからだをひねり、背後に視線を向けた。

とろんとした瞳に、光が宿った。

宿るのと同時だった。

はっと息を呑んだ。

全身に緊張が走る。

「えっ？」

リッキーはうろたえた。

ミミーが身構えた。警戒し、表情をこわばらせた。

でも、何に対して？

リッキーは正面に向き直った。

影がある。

人間のそれによく似た影。

違う。似てるんじゃなくて、これは人間の影だ。

「動くな！」

凛《りん》とした声が、リッキーの耳朶《じだ》を打った。

銃を向けていた。影がリッキーとミミーを狙って。

レイガンの銃口が、ふたりの眼前にある。

リッキーの目が闇に慣れ、完全に焦点を結んだ。

男がレイガンを構えて、立っている。

若い男だ。二十五、六歳だろう。髪が逆立ち、不精《ぶしよう》ひげがはえている。スペースジャケットの上に上着を着ているが、どちらもくたびれて、ひどく汚れている。目の下に隈《くま》があり、表情が硬い。目などが真っ赤に血走っている。

追われている男だ。

リッキーは直感した。ちんぴら時代に何度も見た。組織を裏切って逃亡している男。へまをやらかし、姿をくらませた男。みんな、こんなふうだった。

「動くなよ」もう一度、男が言った。

「動いたら、ぶっ放す。嚇《おど》しじゃねえ」

「俺らたち、追っ手と違うぜ」リッキーは言った。

「この家を借りにきたんだ」

「あいにくだったな」男は頬をぴくぴくとひきつらせた。

「この箱は空いていない。よそをあたりな」

「だって、ここは」

「うるせえ！」男は怒鳴った。

「おとなしくでてくんなら見逃してやる。しかし、つべこべ言ったら撃つ。どっちがいい？」

「どっちも、やだなあ」

「早く決めろ」

男が前に進んだ。淡い光の中に顔が入った。その風貌がはっきりと見えた。

「あっ」

ミミーが声をあげた。

「フェンス！」

そう叫んだ。

「！」

男の顔色が変わった。血の気が引き、目の端が吊りあがって、口もとがひきつった。

「て、てめえら」

あとは言葉にならない。

「フェンスでしょ。あんた」

ミミーが言う。

「…………」

「パパと話してるのを見たわ。あんたが、あの不気味な腕をこの星に持ちこんだのよ！」

「フェンス。こいつが？」

リッキーが、ミミーと男と交互に見た。

「間違いないわ」ミミーはうなずいた。

「探していた男よ。こいつは」

「…………」

「こいつがナタラージャの腕を盗んだ」

ミミーは男を指差した。

「てめえ、誰だ？」

男が呻《うめ》くように問う。

「あたしはミミー」少女が胸を張った。

「マドックの娘よ」

挑むように言った。

「げっ！」

男が絶句した。

声を失い、目を剝《む》いた。

第六章　目利きのフェンス

1

フェンスが戻ってきた。レイガンを手に、家の周辺を探ってきたのだ。よほど念入りに調べたらしく、二十分近くかかった。

戻ってきて、床にどさりとすわりこんだ。リッキーとミミーの真正面だ。リッキーとミミーはガラクタの山にもたれて、フェンスが右往左往するのを興味深げに眺めている。

自分の隠れ家にもぐりこんできた闖入者《ちんにゅうしゃ》の正体を知ったフェンスは、あわてて家の外に飛びだした。

よりによって、ナタラージャ教団に雇われたクラッシャーと、マドック・ザ・キングの娘である。

どちらも、まず間違いなくラダ・シンにマークされている。

尾《つ》けられているかもしれない。

フェンスは、そう思った。尾けられていたら、ナタラージャのアスラがここを襲う。ラダ・シンはおのれの手の者をつぎつぎとナタラージャに捧げ、アスラに憑依《ひょうい》させてかれらをヴェーターラに仕立てあげている。ヴェーターラは不死身だ。これまでなんとか逃げのびてきたが、見つかったら最後だ。フェンスはずたずたに引き裂かれる。

「人騒がせなガキどもだ」

フェンスはうなり、スペースジャケットのポケットからウイスキーのボトルを取りだした。

親指でキャップをオープンにし、琥珀色《こはくいろ》の液体を一気にあおる。

一口飲んで、ふうと息を吐いた。

血走った目で、あらためてリッキーとミミーを見た。

「よっぽどうしろめたいのね」

ミミーが言った。表情が硬い。声にトゲがある。

「そんなんじゃねえ」フェンスはかぶりを振った。

「向こうが、俺を裏切ったんだ」

「あんた、ナタラージャのカパーラをラダ・シンに売りつけたでしょ。四年前に」

ミミーの口調が強い。

「ヴァジュラをナタラージャ神殿から盗みだしたのも、おまえだ」

リッキーが決めつける。

「………」

フェンスはそっぽを向いた。

「あんた、両方ともラダ・シンに売ったんだわ。だから、ククルがおかしくなった」

ミミーが身をのりだした。

「教えろよ」リッキーの声が高くなった。

「いったい何があったんだ。いま起きてることは、いったいなんなんだ」

ふたりがフェンスを睨んだ。

口をつぐんでじっと睨み、返答を待った。

間があいた。

あらぬところを漂っていたフェンスの視線が、リッキーとミミーに戻った。

フェンスは顔をしかめ、右手でぼりぼりと首すじを掻《か》く。垢《あか》がはがれて、床に落ちた。

「しょうがねえな」つぶやくように、ぽつりと言った。

「けっこうバレてやがる」

肩をすくめた。

「みえすいてるわ。あんたがやってること」

ミミーが言った。

「たしかに俺はナタラージャのカパーラをラダ・シンに売った。ヴァジュラも、やつのところに持ちこんだ」

「やっぱりね」

「ラダ・シンはカパーラを買った。俺の言い値で金を払い、ついでに、ナタラージャの彫刻の由来とそいつが秘めている魔力のことを洗いざらい俺から聞きだした」

「…………」

「馬鹿だったんだな、俺も。思いもよらずに言い値で売れちまったもんだから、ついぺらぺらと要《い》らぬ話をラダ・シンに聞かせてしまった」

「なんだい？　ナタラージャの魔力って」

リッキーが訊いた。

「夢物語さ。信じないやつには」

「あたしたち、とんでもない目に遭《あ》ってきたわ。たいていのことなら信じるわよ」

ミミーが言った。

「ナタラージャは神だ」フェンスは肩を突きだし、覗きこむようにミミーとリッキーを見た。

「むかし、テラにインドという国があった。その国で信仰を集めていたのが、ナタラージャだ」

「シヴァとも言うんだろ」

　リッキーが口をはさんだ。

「ザガカールに教わったな」

「うん」

「ナタラージャは舞踊王という意味だ」フェンスは言葉を継いだ。

「舞踊王は破壊神のシヴァのもうひとつの顔で、創造神としてシヴァと対《つい》をなす」

「顔がふたつある神さまの、いいほうの顔ってこと？」

　ミミーが訊いた。

「そうじゃない」フェンスは首を横に振った。

「神に善悪はないのだ。善悪は、神のやることを見て、人間が勝手に決める。自分たちに益があれば、善と呼び、禍《わざわい》がもたらされれば、悪と呼ぶ」

「ふうん」

「神は気まぐれだ。人間の反応など、うかがおうともしない。好き勝手にふるまって、人間たちをきりきり舞いさせる。だから、神として崇め奉られる」

「わがままなんだね」

「そうだ」リッキーの言にフェンスはうなずいた。

「シヴァ＝ナタラージャは世界を破壊し、創造する。人は破壊するときの神をシヴァと名づけ、創造するときの神をナタラージャと名づけた。しかし、両者は別物ではない。同じだ。創造するには、その前に破壊が要る。ナタラージャ教団は舞踊王を讃え、善神として扱っているが、それは一種の欺瞞《ぎまん》だ。この世に呼びだされたら、ナタラージャはまず世界を破壊する。そして、それからおのれの世界を創造する。それがナタラージャの魔力だ」

「呼びだすって、どういうこと？」

ミミーの眉は小さく跳ねた。

「ナタラージャは、異空間に身を置いている。この宇宙には存在しない。ところが、人間の力というのは恐ろしいもので、ある行者がナタラージャとのコンタクトに成功してしまった。偉大な行者だ。厳しい修行を重ねて超人としてのパワーを得、古代から伝わる呪文《マントラ》と印契《ムドラー》を用いて、ナタラージャと言葉を交わした。むろん、耳には聞こえぬ言葉だ。精神から精神へ、直接響く魂の言葉だ」

「テレパシー？」

「のようなものだろう」フェンスは言った。

「行者は、そのコンタクトでナタラージャをこの世に招く法を授かった。この世に異空間の場をつくり、そこにナタラージャを呼びこむ超絶の法だ」

「まさか、あんた、それを知っているとか」

ミミーがフェンスを指差した。

「知っている」フェンスはゆっくりとあごを引いた。

「知っていて、それをすべてラダ・シンに教えた」

「ラダ・シンは、やったの。それを？」

「やった」フェンスの声がかすれた。

「話を聞いたラダ・シンは、即座にヴァジュラの入手を俺に命じた。金に糸目はつけない、とまで言った」

「それで盗みだしたんだ！　ナタラージャ神殿から」

リッキーが叫んだ。

「ザガカールには悪いと思ったが、支払いに天井なしってのは魅力だった」

「あんた、裏切られたって言ったわね。ラダ・シンに」

「ああ」

フェンスは渋面をつくった。

「金を踏み倒されたんでしょ」

「殺されかかったよ」

フェンスは、シャトーでのいきさつを詳しく話した。ラダ・シンは二本の腕がそろうと、いきなりムーラダーラ・チャクラの行をはじめた。禁断の秘儀の第一段だ。ナタラージャの従者、アスラを呼ぶ。アスラは生贄《いけにえ》を集め、その数を増して、第二段階の行をラダ・シンに教える。行は第三段階まであり、それが完了すると、ナタラージャがこの世に現出する。

「本当に夢物語ね」

いきさつを聞き終えて、ミミーが言った。

〝本当に〟の一言に、思いきり力をこめた。

2

「それで、フェンスは、どうするつもりなんだよ。これから」

リッキーが言った。

「復讐をする」フェンスは、さらりと応じた。

「目利きのフェンスが商売でコケにされたとあっちゃあ、世間の笑い者だ。ラダ・シンにはきっちりと代価を支払ってもらう」

「どうやって?」

「どうやってもさ。——ミミー」

フェンスはマドックの娘に視線を向けた。

「なによ」

尖《とが》った声で、ミミーが応える。

「あんたの親父、ナタラージャの生贄《いけにえ》にされたぜ」

「！」

ミミーの顔色が変わった。

「行方不明なんだろ。親父さん」

「…………」

「生きちゃあいない」

「証拠はあるの？」

うわずった声で、ミミーが問い返した。目が吊りあがっている。頰が白い。

「証拠はねえ」フェンスは両手を横に広げた。

「推測だ。しかし、そう推測した根拠はある」

「根拠？」

「生贄といったって、誰でもいいとは限らないんだ。ミミー。いったいどういうやつが生贄にいちばん向いていると思う」

「知らないわ。生贄のことなんて」

ミミーは吐き捨てるように言った。

「リッキーは?」

フェンスの視線がクラッシャーに転じた。

「そうだなあ」リッキーは首をかしげた。

「生贄って神さまに捧げるんだろ。となると、やっぱり若い女の人だね。映画なんかで見たことがある」

「はずれだ」フェンスは言った。

「性別や年齢は関係ない」

「…………」

顔をしかめ、リッキーは口をつぐんだ。

「ナタラージャはラダ・シンと精神をつないでいる。その絆《きずな》をより強めていくのが禁断の秘儀だ。秘儀を執《と》りおこなうことによってナタラージャとラダ・シンはさらに深く結ばれ、やがて、その意識はひとつに融和する。融和したときが、ナタラージャの出現のときだ」

「…………」

「深層意識にもっとも強く刻みこまれている感情は、憎悪だ」フェンスはつづけた。

「憎悪が刺激されると精神が解放され、ナタラージャは容易に相手の中に入りこむことができるようになる。わかるか？」

「なんとなく」

リッキーがうなずいた。

「となると、誰がいちばん生贄にふさわしいかは、自然に決まるだろう」フェンスは薄く笑った。

「敵だ。憎んでもあまりある強力なライバルだ。憎悪の対象である敵の命を生贄としてナタラージャに捧げる。そうすると、ナタラージャはかわりに超絶の力をその者に与え、さらには従者のアスラをこの世につかわす」

「………」

「誰だったかな。ラダ・シンの最大の敵は？」

フェンスはミミーに向かい、訊いた。

「パパよ」

かすかな声で、つぶやくようにマドックの娘は答えた。

「ラダ・シンが得た力は半端《はんぱ》じゃない。すさまじい力だ。その源がなんであるかは簡単に想像できる」

「やめて！」

ミミーが叫んだ。叫んで、てのひらで顔を覆った。ぐらりと前に崩れた。

「ミミー」

　リッキーがあわてて少女の肩を抱き、そのからだを支えた。

「ひどいぞ。フェンス」正面の男を睨み、クラッシャーは言った。

「ミミーにだって、もしやという希望があったんだ。それを打ち砕くなんて、あんまりじゃないか！」

「希望なんぞ、くそくらえだ」

　フェンスは腕を振りあげた。

「ミミー」マドックの娘をまっすぐに見る。

「俺と組もう」

「………………」

「手を組んで、ラダ・シンを倒そう」

「手を、組む」

　ミミーが、ほんの少しおもてをあげた。

「どういうことだ？」

　リッキーが訊いた。

「おまえたち、ラダ・シンのシャトーがいまどこにいるか知っているか？」

「へ？」リッキーはきょとんとなった。

「シャトー？　どこにいる？　なんだよ、それ。シャトーが動くなんて聞いたことがないぜ」

「ひでえタコだな」フェンスは舌打ちした。

「なんにも知らねえ」

「ふん」

　リッキーは鼻を鳴らした。

「あたしもはじめて聞くわ。シャトーが動くって話」

　ミミーが言った。いつの間にか上体を起こし、フェンスをきっと見据《みす》えている。リッキーはミミーの肩をおさえていた両の手をぎごちなく離した。

「シャトーはシャフトの上に浮かんだきり、どこへも行けないのよ」ミミーは言葉をつづけた。

「だから、邪魔だけど、パパだってあいつをどかすことができなかった」

　シャフトは穴だ。モズポリスの中央に垂直に掘られている縦穴だ。テラから移民船がローデスに到着し、最初に掘った穴が、その縦穴だった。地下都市のモズポリスは、縦穴を中心に同心円状に広がった。ボスが生まれ、暗黒街を支配した。

　移民が開始されて十年後である。ローデスの大気が安定した。首都が地上に移され、シャフトの穴のまわりに新モズポリスが建設された。地下のモズポリスはスラム化してククルとなった。ファミリーが抗争を起こし、ボスのひとりが地上にでて、新モズポリスに暗黒街をつくった。そして、ククルの勢力と張りあうために、シャトーを建造した。直径およそ八十メートルの大円盤だ。銀河系最大の浮遊宮殿である。ボスはむりやり認可を取り、直径百メートルのシャフトの外縁に沿って電磁コイルをはめこみ、そこに力場を形成して宮殿を浮遊させた。

シャトーはククルの蓋《ふた》となった。莫大なエネルギーを必要とし、維持費が桁違《けたちが》いにかかる金食い虫の円盤だ。しかし、モズポリスのボスは、あえてククルに挑戦した。シャトーは、モズポリスの支配者の象徴である。ボスはシャトーによってククルを睥睨《へいげい》し、モズポリスこそがローデスの要《かなめ》であることを示そうとした。

八年前に政変があった。モズポリスの支配者が変わった。ラダ・シンという若い幹部が新しいボスとなった。ラダ・シンは旧ボスから縄張りとともに、むろんシャトーをも引き継いだ。

「シャトーは、コイルがつくる場の中で浮かんでいるのよ」ミミーは言う。

「エネルギーが目いっぱいだから、あれ以上は浮かないし、構造からいってコイルから下に降下することもできない」

シャトーは地上から二百メートルの高度を保ってシャフトの上空にふわりと浮かんでいる。二百メートルという高度は、ふたつの理由によって定まった。

ひとつは、エネルギー供給量の限界値である。モズポリスのボスは、シャトーのために発電所を一基建設した。その供給量のすべてを費やしても、高度は二百メートルが限界だった。

そして、理由のもうひとつはモズポリスのビルの高さである。地下にククルのあるモズポリスは、岩盤の強度を考慮してビルに高度制限を加えた。それが百八十メートルだ。ということは、高度二百メートルを保てば、シャトーはモズポリスでもっとも高い位置を確保できる。

「シャトーはシャフトの上にいるんだぜ」リッキーが言った。

「できたときからそうだったし、いまだってそうなってる。シャトーは動けない。おかしなこと言うなよ」

「おかしなことを言っているのは、おまえらだ。俺じゃあない」フェンスはかぶりを振った。

「俺はラダ・シンから聞いた。シャトーは動くことができるように設計されている。ククルを使いさえすれば」

「ククル？」

「使う？」

リッキーとミミーが同時に声をあげた。あげてから、ふたりは互いに顔を見合わせた。

「ククルの名は、地下の最下層に据えられた密閉型反応炉に由来している。コンシールド・サーカムスタンス・リアクター。頭文字をとって、C.C.Re.――ククルだ」

「…………」

「ククルは巨大な動力炉だ。モズポリスのボスがローデスのボスになれなかったのは、裏の世界の中心が地下から動かなかったからだ。なぜ動かなかったのか。ククルがあったからだ。マドックは動力炉のククルを支配し、そのエネルギーを地下都市に与えた。エネルギーがあるなら、闇の世界はわざわざ地上に移る必要はない。ククルをおさえたマドックはザ・キングと呼ばれるようになった」

「それで、地下都市の名がククルに」

ミミーが言った。

「驚いたぜ。マドックの娘が何も知らないなんて」

「パパは、あたしの前ではふつうのパパだったわ」

「キングじゃなかったってわけか」

「たいていのときはね」

「フェンス。ラダ・シンはククルを使ったのかい？」

リッキーが訊いた。

「ああ」フェンスは小さくあごを引いた。

「この目でたしかめたわけではないが、ラダ・シンは動力炉のククルを手中に収めた。エネルギーをレーザービームでコイルに送り、シャトーを強引に降下させた」

「降下？　どこに」

ミミーの瞳が強く炯《ひか》った。

「ククルの真上だ」フェンスは答えた。

「シャフトの底だよ」

「シャフトの底！」

ミミーは、はっと息を呑んだ。

「そう」

ゆっくりとフェンスがうなずく。

しわがれた声で、低く言った。

「マドックの屋敷のど真ん中さ」

3

「手を組むって、あたしの家に連れていけってことなのね」

ミミーが言った。

マドックの屋敷は地下都市の九層目にある。居住区としては最下層だ。一般人は立ち入れない。マドックとその家族、そして組織の大幹部、ボディガードなどが居をかまえている。屋敷はドーナツ状にシャフトを取り巻いており、そこに至るトンネルやフリーフォーラーは、いっさい公開されていない。

「シャトーはシャフトの中心に降りた」フェンスは言う。

「ということは、シャトーがマドックの屋敷に囲まれているってことだ。あいつは名実ともにククルとモズポリスの支配者となるためにそんなマネをした」

「あたしの家にいけば、シャトーに忍びこめるって考えてるのね」

「少なくとも、不可能じゃない」

「ナタラージャ神殿を破った目利きのフェンスには？」

「そういうことだ」

フェンスは見得を切るように、前髪を額の上に撫《な》であげた。

「パパが行方を絶ったって聞いたのは、きのうの朝だったわ」ミミーが言った。

「一晩中、仲間とディスコで騒いで、そろそろ引きあげようかって話していたら、レフティが飛びこんできてパパが襲われたって叫んだ」

「とんでもないお嬢さんだ」

「あたしはすぐに家に戻ろうとしたわ」ミミーはじろりとフェンスを睨み、言葉をつづけた。

「でも、それをレフティが止めた。レフティは組織の幹部だけど、襲撃のときは外に取り引きに行っていてあやうく難を免れた」

「どこで襲われたんだい。マドックは」

リッキーが口をはさんだ。

「家よ。休んでいるところを奇襲されたの。幹部のひとりがレフティに無線で知らせてきた。だけど、その無線もあっという間に切れてしまった」

「やりとりはあったのか？」

フェンスが問う。

「ほんの少し。レフティから聞いたわ。『化物だ。ボスと姐《ねえ》さんが捕まった。やつらは不死身だ』──その三言だけ聞きとれたって」

「ヴェーターラだな。シャフトは電磁バリヤーとレーザーでシールドされているが、あいつらなら平気で降りられる。安全なトンネルを探す必要はない。黒焦げになったって、動きまわれるんだ」

「前ぶれはなかったのかい。へんな連中がククルをうろついているとか」

「あったわ。いまから考えれば、三日くらい前から。人が何人も殺されたり、誘拐されたり。でも、それって、ククルじゃふつうのことよ。珍しくもなんともない」

「そりゃ、そうだ」

リッキーは頭を掻いた。

「あたしはレフティと一緒にククルを脱出した。モズポリスにあがって、そこからよその町に逃げようとした。ククルはラダ・シンに制圧された。組織は壊滅状態だ。とにかく姿を隠そうってレフティが言うから」

「…………」

「逃げるのは、簡単じゃなかったわ。上はラダ・シンの本拠地だもん。ひとまず場末のホテルにこもった。その間にレフティが情報を集め、車を調達してきた。出発できたのは、今朝よ。夜明けとともにハイウェイに乗り、西海岸のサラチナを目指した。大陸の反対側ね。あそこのボスがパパの親友だったから。だけど、あたしたち、マークされていた。ハイウェイに乗ったとたんだった。あいつらがあたしたちを襲ってきた」

「ヴェータラ」

「ええ」フェンスに向かい、ミミーはこくりとうなずいた。

「エアカーが二台、いきなりあたしたちの車にぶつかってきたわ。車が弾けとんで、ガードレールに激突した。レフティがレイガンで応戦したわ。あたしも電磁ナイフで戦った。でも、不死身の化物が相手じゃ誰もかないっこない。レフティが殺され、あたしはちょうど通りかかったトラックの荷台にしがみついた。まるで曲芸よ。あいつらの爪が、あたしの足をかすめたわ」

「それで、モズポリス・エアポートに」

リッキーが言った。

「あいつら、空港にもいたわ」ミミーは唇を噛んだ。

「最初から張ってたのね。あたしを捕まえようと」

「憎悪の感情は、ライバル当人だけでなく、その家族にも及ぶ」フェンスが言った。

「マドックとかれの妻はすでにおさえた。あとは娘ひとりだ。どうしても、捕まえたい。捕まえて、娘もナタラージャに捧げたい。そうすれば、間違いなくナタラージャの出現が早まる」

「フェンス！」

凛とした声で、ミミーが言った。

「なんだ」

「あたし、あんたと組むわ。組んで、ラダ・シンを地獄に突き落とす」

「きたな」フェンスはにやりと笑った。

「そうこなくっちゃ、嘘《うそ》だ」

立ちあがった。

部屋の隅に窓があった。小さな窓だ。ガラクタの中にメーターがはめこんである。そのメーターのガラスケースが、窓になっている。一瞥《いちべつ》しただけでは、それがわからない。

フェンスは窓の向こうを覗きこんだ。

「よおし」振り返った。

「やばそうな連中はいない。行くんなら急ごう」

「どうやって行くんだい？」リッキーがミミーに訊いた。

「さっきのフリーフォーラー？」

「そうね」ミミーはクラッシャーを見た。

「あれがいちばんたしかだわ。あれだったら、あたしの家のプラットホームに直行できる」

「武器は持ってるのか？」

フェンスがふたりの前に戻ってきた。

リッキーとミミーが立ちあがった。リッキーが先に立ち、ミミーに手を貸した。

「あたしは、これよ」

ミミーは腰のホルスターをフェンスに示した。ホルスターには電磁ナイフが入っている。

「俺らは、これだけ」

リッキーはクラッシュジャケットを指差した。肩から胸にかけて四角いボタンが並んでいる。アートフラッシュだ。

「いくつか使っちゃったけど、まだ残っている」

「飛び道具はねえのか？」

「レイガンは、もぎとられた」

リッキーは空《から》になっているホルスターを見せた。

「しょうがねえな」フェンスは舌打ちした。

「こんなんでも、ないよりはマシだろう」

ポケットから小型の拳銃を取りだした。旧式のハンドガンだ。

「弾丸は二十発」フェンスは言った。

「見た目は悪いが、装塡《そうてん》されているのは炸裂弾だ。当たれば、腕くらい吹っ飛ぶ。持ってきな」

「くれるのかい？」

リッキーは拳銃を受け取った。

「貸すだけだ」

フェンスは右手をひらひらと振った。リッキーは肩をすくめ、拳銃をホルスターに納めた。ついでに、時計に目をやった。ここにきてから四時間くらいが経っている。眠っていたのは三時間前後だ。いまはククルの標準時で正午である。めまぐるしい半日だった。

準備ができた。

「オーケイ。出発だ」

フェンスが言った。

また穴にもぐり、上に登った。

六十四丁目の通路にでた。

「とにかくフリーフォーラーのステーションに行ってみよう」

リッキーが先に立った。その横にミミーが並んだ。しんがりをフェンスがつとめる。

薄暗く、やたらと狭い通路を三人は進んだ。

角を折れ、二十八番街に入った。

道がでこぼこしている。ガラクタがそこかしこに転がっていて、まっすぐに歩けない。

腰をかがめ、リッキーは細い隙間を抜けた。抜けて、となりの通路に移ろうとした。

その眼前に。

いきなり黒い塊《かたまり》があらわれた。

足が止まった。塊は頭上から降りてきた。リッキーはなんだかわからず、目を丸くした。あわててその塊に焦点を合わせた。

しばし凝視する。

直径二、三十センチくらいの丸い塊だ。黒い、ぼさぼさの毛で全体が覆われている。本体は褐色で、しわだらけだ。それを誰かがつかんでいる。

「あっ！」

リッキーが叫んだ。

目を剝き、絶叫した。

その塊の正体をリッキーは知った。

血がしたたっている。塊の下部から、赤い液体が糸を引いて流れ落ちている。

首だ。

人の生首である。

リゼ婆の首だった。

「わあ！」

リッキーは飛びすさった。

悲鳴をあげて、うしろに逃げた。

4

通路の真ん中で、ミミーとフェンスがリッキーを制した。

「どうしたの？　何があったの？」

ミミーがリッキーの肩を揺さぶる。

「りりりり」

リッキーは答えようとする。しかし、声が言葉にならない。全身が震え、舌がまわらなくなっている。

「なんだ、こいつ」フェンスが眉をひそめた。

「蒼白になってるぜ」

リッキーは背後を振り返った。怯《おび》えた目で、自分が飛びだしてきた隙間のような脇道を見据えた。

人影がでてきた。

その脇道から。

ひとりではなかった。数人の影が、うっそりとあらわれた。

男たちだ。スペースジャケットを着て、顔に死相を浮かべた忌《い》まわしい男たち。すでにもう頬のあたりが裂けて、赤黒い肉がだらりと垂れさがっている男もいる。

先頭の男が、リゼ婆の生首を右手に持っていた。力でむりやりねじ切った無惨な生首である。

「ぎい」

男が生首をリッキーに向かって突きだした。

「ああっ」

ミミーも、それがなんであるかを知った。

硬直し、凝然となった。

「うおっ」

フェンスも息を呑む。

「リゼ婆」

リッキーが言った。ようやく言葉を発した。

「ぎい」

男たちが前進する。ヴェータ―ラだ。死してなお蠢《うごめ》く悪霊たちである。

ヴェータ―ラは、五人をかぞえた。狭い通路に、びっしりとひしめいている。

「ちくしょう。おまえら、やっぱり尾けられてたんだ」

フェンスが言った。

レイガンを構えた。

「ぎいい」

ヴェータ―ラが迫る。

先頭の男が、リゼ婆の首を投げ捨てた。

「ぎいい」

咆《ほ》える。不気味なきしみ音のような咆哮《ほうこう》を甲高く響かせる。

「フェンス」

リッキーが言った。

「なんだ」

「足、速いかい？」

「足だと？」

「いまから逃げる。裏道や隠しトンネルを抜ける。遅れたら、絶対に迷う道だ。足が速くなきゃ、ついてこれない」

「俺は、目利きのフェンスだぞ。はばかりながら、追われて捕まったことはない」

「ミミーは？」

「ついてく。必死で」

ミミーは言った。

ヴェーターラは不死身だ。レイガンや拳銃で応戦しても勝つみこみはない。それよりも、逃げる。とにかく逃げる。逃げることでしか、その魔手をかわす手段はない。

「撃ちまくってくれ」リッキーはフェンスに言った。

「狙わなくていい。ただひたすらレイガンを撃ちまくるんだ。合図と同時に」

「クラッシャーのやり方か？」

「そういうこと」

「ぎい」

　ヴェーターラがきた。

「撃てっ！」

　リッキーが叫んだ。

「くらえっ」

　フェンスがトリガーボタンを押した。

　光線がほとばしる。糸よりもまだ細い光条が、五人のヴェーターラを灼く。

「ぎいい！」

　とつぜんの攻撃に、ヴェーターラは瞬時ひるんだ。足が止まり、その場に釘づけになった。

「いまだ！」リッキーが手を挙げた。

「逃げろ」

　挙げた手を振りおろし、きびすを返した。

　くるりと向きを変え、走りだした。

「リッキー！」

　ミミーが、そのあとを追う。

「おっとお」

　フェンスも身をひるがえす。

　三人がひとかたまりになった。

「ぎい」

　ヴェーターラは、反応が鈍い。レイガンの光線にひるんでいたせいもあって、逃げる遅れた。

　わずかにコンマ数秒の遅れだ。しかし、その一瞬の遅れが、大きかった。

　三人を即座に追うことはできない。

「こっちだ！」

　リッキーが枝道に飛びこんだ。

「左！」

　さらに割れ目のようなトンネルにもぐりこむ。

　四つん這いになり、リッキーはトンネルの中を進む。

「ひでえや」

　リッキーのうしろにつづくフェンスは、あまりの狭さに悲鳴をあげた。肩や腰にガラクタの角が激しくぶつかる。そのたびに、フェンスは呪《のろ》いの言葉を吐く。だが、それでも手足はせっせと動く。

広い場所にでた。ふいにトンネルの幅が左右に広がった。天井も、ずっと高い。通路だ。さっきまでいたところとはべつの。

「あっち」

リッキーが行先を指で示した。めちゃくちゃな道を選んでいるが、向から方向はきちんと定まっている。フリーフォーラー〈マドック・スペシャル〉のステーションだ。そこへ行き、フリーフォーラーに飛びこむ。そして、マドックの屋敷に入りこむ。

ミミーがリッキーに追いつき、並んだ。彼女は、思ったよりもすばしっこい。身が軽く、動作がきびきびとしている。

角を曲がった。九十度ではない。もっと鋭い角だ。ほとんどUターンするように向きを転じた。

「わっ」

リッキーがうろたえた。

「きゃっ」

ミミーも小さく叫んだ。

たたらを踏み、ふたりが歩を止める。

人がいた。曲がったすぐそこに。巨大な人影が、視界をさえぎった。だから、ふたりは急停止した。

「うおっと」

フェンスがふたりに突っこみそうになった。

ずいと前にでる。

眼前の人影が。

「！」

リッキーが目を丸くした。声を失い、その場に立ち尽くした。

人影が、リッキーの正面に立つ。

「タロス」

つぶやくように、リッキーが言った。

「無事だったんだ。タロス」

口もとがほころんだ。

間違いない。

忽然《こつぜん》とあらわれた人影は、タロスだ。二メートルを超える巨体。黒いクラッシュジャケットを着て、右手にレイガンを持ち、まっすぐにリッキーを見つめている。

「タロス」

リッキーは仲間のもとに歩み寄った。

「タロス」
声を震わせて、その名を呼ぶ。
と。
タロスが動いた。
予期せぬ動きだった。
右手を振った。下から上に。ななめに振った。
レイガンのバッテリーパックが、リッキーのあごにめりこんだ。
強烈なパンチだ。
鈍い音がした。
リッキーが飛んだ。仰向けに飛び、宙を舞った。
「ひっ」
ミミーが絶句した。

5

「リッキー！」

ガラクタの上には落ちなかった。真うしろにフェンスがいた。フェンスが落下するリ

ッキーをキャッチした。

抱きかかえ、支えた。

「リッキー」

声をかける。リッキーは反応しない。頬を赤く腫《は》らし、目を固く閉じている。

「うがあおお」

うなり声とも咆哮《ほうこう》ともつかぬ不快な声をタロスが発した。発してから仁王立《におうだ》ちになり、ミミーとフェンスを交互に睨んだ。

ミミーが我に返った。

「なんてことするの、リッキーに」怒鳴った。

「リッキーは仲間よ。あんた、どうかしてんじゃない」

タロスの前に立ちはだかった。

「うあう」

タロスが左腕を突きだした。ミミーに向かって突きだし、彼女の首を鷲摑《わしづか》みにしようとした。

「ふざけないで!」

一喝し、ミミーは一歩さがった。タロスの指は、空を泳いだ。

「近づくな」フェンスが言った。

「そいつは、様子がおかしい」

「え？」

ミミーが首をめぐらした。

「まともじゃない。ナタラージャに操られている」

「そんな」

馬鹿な、とつづけようとした。が、つづかなかった。ミミーの声が途切れた。目をそらしたのが、失敗だった。タロスがミミーの首すじをつかんだ。

「あっ」

ミミーが抗《あらが》う。

「う、ぐっ」

タロスの指が喉に食いこむ。

「離せ。ミミーを」

リッキーをかかえたまま、フェンスがレイガンを構えた。トリガーボタンに指をかけ、銃口をタロスに向けた。

だが、タロスは動じない。平然とミミーの首を絞めあげている。

「撃つぞ」

フェンスは脅した。しかし、撃てない。ミミーが邪魔だ。彼女がタロスの真正面にいる。撃てば、ミミーを貫く恐れがある。

膠着《こうちゃく》状態に陥った。タロスにミミーを殺す意志はないらしい。首を絞めてはいるが、窒息しないよう力を加減している。

にやりと笑った。

撃つに撃てないフェンスを見て、タロスはあざけるように口もとを歪めた。

前に進んだ。

ゆっくりと歩を運び、フェンスに接近した。

「止まれ！」

フェンスが叫ぶ。

タロスは無視する。

そのときだ。

異変が起きた。

「たあっ！」

裂帛《れっぱく》の気合が耳をつんざいた。

同時に、何かがガラクタの山の上から降ってきた。

人間だ。シルエットで、それがわかる。

タロスを直撃した。

けたたましい音が、耳朶を打った。硬い物が微塵《みじん》に砕ける音だった。

「うがっ」

タロスが頭をおさえて、のけぞった。

降ってきた人間が、すたっとタロスの脇に立った。からだが小さい。少年だ。パッチワークのスペースジャケットを身につけている。

タロスがミミーを放り投げるように離した。

「きゃ」

ミミーが地面に転がった。ガラクタで埋まり、でこぼこになっている地面だ。地上にはプラスチックの破片が散乱している。

「ミミー」

降り立った少年が、マドックの娘に駆け寄った。

「バディ」

ミミーは、その少年の顔を見た。見て、名を口にした。

バディだ。スパーク団の。

「やっぱり、ここにきたんだ」バディは言った。

「逃げてくるなら、二十八番街だと思って、このあたりを探していた。そうしたら、ミミーとリッキーがタロスと揉《も》み合っている。それで、ガラクタをかかえて、タロスの頭に突っこんだんだ」

散乱するプラスチックの破片は、かかえていたガラクタの残骸《ざんがい》である。

「バディ。あんたは大丈夫よね。おかしくないわよね」

ミミーが言う。

「助けたんだぜ、俺は」

バディは苦笑した。

「なんだ、こいつは？」フェンスが訊いた。

「こいつもそっちの知り合いか？」

「仲間よ」

ミミーが言った。

「うがあ……う」

タロスがうなった。脳震盪《のうしんとう》を起こしたらしい。気絶こそしないものの、足がふらふらしている。

「行こう。フリーフォーラーに」

フェンスが言った。

「こんなとこだけど、わかる？」

ミミーが出口近辺の雰囲気をバディに伝えた。はっきりとは覚えていないが、それでも特徴のあるオブジェがふたつほど記憶に残っていた。どちらも、ガラクタの山だ。山が、そのままモニュメントになっている。

「だいたい見当がつく」

バディが言った。

「だったら、急ぐんだ」

フェンスがうながした。

「タロスは、どうすんだい？」

「ほっときましょ」ミミーが言った。

「あたしたちの手には負えない」

異論は、なかった。連れていきたいが、それは不可能だ。

フェンスがリッキーを背負い、三人は再びフリーフォーラーの入口を求めて走りだした。

今度は、先導がバディだ。さっきの方針どおり、裏道だけを選んで、進んだ。

まわり道をしているから、けっこう遠い。

途中で、リッキーが息を吹き返した。

フェンスが、ガラクタの小山から飛び降りた。

そのとたんだった。

らしい。

「いちちち」

ふいにリッキーが悲鳴をあげた。着地のショックで、あごをフェンスの肩にぶつけたらしい。

「あれえ」

ひとしきり悲鳴をあげてから、頓狂《とんきょう》な声を発した。

フェンスが足を止めた。ミミーとバディも止まった。

「どうなってんだよ、こいつは」

リッキーは、きょとんとしている。

フェンスの背中から降りた。

「タロスは？」間の抜けた問いを放った。

「それに、なんでバディがここにいるんだ？」

「説明はあとよ」ミミーが言った。

「それよりも、自分の足で走れる？」

「もちろん！」

リッキーは、その場で足踏みをした。

「だったら、フリーフォーラーに案内して」

「あいよ」

リッキーは、周囲を眺めまわした。それで、いまいる場所が、どこかわかった。バディの先導は正しい。フリーフォーラー〈マドック・スペシャル〉までは、あとほんの少しだ。

数分だった。

見覚えのある通路にでた。

リッキーが壁の前に立った。壁の下隅にトンネルが口をあけている。

「この奥にステーションがある」リッキーが言った。

「そこからフリーフォーラーに飛びこめば、あっという間にミミーの家に着く」

リッキーは身をかがめた。

「ぎい」

背後で声がした。

いやらしいきしみ音だ。

はっとなって、リッキーはうしろを振り返った。

「きゃあっ」

ミミーが叫んだ。

異形の影が、リッキーの視界を横切った。

ヴェーターラだ。このあたりにもうろついていた。そいつが、ミミーを見つけた。ヴェータラは、誰よりもまずミミーを攫《さら》うように命じられている。

ヴェータラはミミーを襲った。フェンスとバディを跳ね飛ばし、ミミーを捕まえた。

ミミーがヴェータラと格闘している。ヴェータラがミミーの左手首をつかんで離さない。ミミーはヴェータラの足を蹴りあげている。

リッキーが動いた。

反射的に動いた。

ミミーとヴェータラのあいだに、割って入った。

ヴェータラにタックルし、腰をかかえて、ひっくり返した。

もつれ合う。リッキーとヴェータラが。ガラクタの上をごろごろと転がっていく。

光った。

唐突にリッキーが光った。

白い光だ。

光はリッキーの胸から発し、一瞬のうちに丸く広がった。

光がヴェータラを包む。包んで、その肉体を砕く。

崩れた。

ヴェータラがぼろぼろと。肉が腐り、骨が灰になる。

消滅した。

おぞましい悪霊が。

見る間に消滅し、その場から失せた。

リッキーが蹌踉《そうろう》と立ちあがった。顔がうつろだ。呆然として、表情がない。

「リッキー！」

フェンスがきた。

「なんだ。いまのは？」

リッキーに向かって、訊いた。

「わからない」リッキーはかぶりを振った。

「でも、これのせいだと思う」

胸ポケットに指を突っこんだ。

中から小さな短剣を取りだした。黄金の短剣だ。全長は五センチほどしかない。

「こ、こいつは」フェンスの顔色が変わった。

「パールヴァティーの宝剣」

目を剝いた。

「どうしたんだ。これを、どっから持ってきた」

フェンスはリッキーの胸ぐらを把《と》った。

思いきり揺さぶった。

「もらったんだ。ザガカールから」

リッキーは困惑して答えた。どうしてそんなにフェンスが興奮しているのか、まるで解《げ》せない。

「ザガカールからもらった」

フェンスは短剣を強く握った。

「くれえ！」いきなり叫んだ。

「俺にくれ、こいつを！」

またリッキーの胸ぐらをつかむ。

「そんなあ」

リッキーはうろたえた。

「勝てる！」大声で、フェンスはわめいた。

「これがあれば、ラダ・シンに勝てる」

天を仰いだ。

本書は２００２年10月に朝日ソノラマより刊行された改訂版を加筆・修正したものです。

ダーティペア・シリーズ／高千穂遙

ダーティペアの大冒険
銀河系最強の美少女二人が巻き起こす大活躍大騒動を描いたビジュアル系スペースオペラ

ダーティペアの大逆転
鉱業惑星での事件調査のために派遣されたダーティペアがたどりついた意外な真相とは？

ダーティペアの大乱戦
惑星ドルロイで起こった高級セクソロイド殺しの犯人に迫るダーティペアが見たものは？

ダーティペアの大脱走
銀河随一のお嬢様学校で奇病発生！　ユリとケイは原因究明のために学園に潜入する。

ダーティペア　独裁者の遺産
あの、ユリとケイが帰ってきた！　ムギ誕生の秘密にせまる、ルーキー時代のエピソード

クラッシャージョウ・シリーズ／高千穂遙

連帯惑星ピザンの危機

連帯惑星で起こった反乱に隠された真相をあばくためにジョウのチームが立ち上がった！

撃滅！ 宇宙海賊の罠

稀少動物の護送という依頼に、ジョウたちは海賊の襲撃を想定した陽動作戦を展開する。

銀河系最後の秘宝

巨万の富を築いた銀河系最大の富豪の秘密をめぐって「最後の秘宝」の争奪がはじまる！

暗黒邪神教の洞窟

ある少年の捜索を依頼されたジョウは、謎の組織、暗黒邪神教の本部に単身乗り込むが。

銀河帝国への野望

銀河連合首脳会議に出席する連合主席の護衛を依頼されたジョウにあらぬ犯罪の嫌疑が⁉

傑作スペースオペラ

敵は海賊・A級の敵
神林長平

宇宙キャラバン消滅事件を追うラテルチームの前に、野生化したコンピュータが現われる

デス・タイガー・ライジング1 別離の惑星
荻野目悠樹

非情なる戦闘機械と化した男。しかし女は、彼を想いつづけた——SF大河ロマンス開幕

デス・タイガー・ライジング2 追憶の戦場
荻野目悠樹

戦火のアルファ星系最前線で再会したミレとキバをさらなる悲劇が襲う。シリーズ第2弾

デス・タイガー・ライジング3 再会の彼方
荻野目悠樹

泥沼の戦場と化したアル・ヴェルガスを脱出するため、ミレとキバが払った犠牲とは……

デス・タイガー・ライジング4 宿命の回帰
荻野目悠樹

ついに再会を果たしたミレとキバを、故郷で待ち受けるさらに苛酷な運命とは？　完結篇

ハヤカワ文庫

クレギオン／野尻抱介

ヴェイスの盲点

ロイド、マージ、メイ——宇宙の運び屋ミリガン運送の活躍を描く、ハードSF活劇開幕

フェイダーリンクの鯨

太陽化計画が進行するガス惑星。ロイドらはそのリング上で定住者のコロニーに遭遇する

アンクスの海賊

無数の彗星が飛び交うアンクス星系を訪れたミリガン運送の三人に、宇宙海賊の罠が迫る

サリバン家のお引越し

メイの現場責任者としての初仕事は、とある三人家族のコロニーへの引越しだったが……

タリファの子守歌

ミリガン運送が向かった辺境の惑星タリファには、マージの追憶を揺らす人物がいた……

ハヤカワ文庫

傑作ハードＳＦ

アフナスの貴石　野尻抱介
ロイドが失踪した！　途方に暮れるマージとメイに残された手がかりは〝生きた宝石〟？

ベクフットの虜　野尻抱介
危険な業務が続くメイを両親が訪ねてくる!? しかも次の目的地は戒厳令下の惑星だった!!

終わりなき索敵上下　谷　甲州
第一次外惑星動乱終結から十一年後の異変を描く、航空宇宙軍史を集大成する一大巨篇！

目を擦る女　小林泰三
この宇宙は数式では割り切れない。著者の暗黒面7篇を収録する、文庫オリジナル短篇集

記憶汚染　林　譲治
携帯端末とＡＩの進歩が人類社会から客観性を消し去った時……衝撃の近未来ハードＳＦ

星界の戦旗／森岡浩之

星界の戦旗Ⅰ—絆のかたち—

アーヴ帝国と〈人類統合体〉の激突は、宇宙規模の戦闘へ！『星界の紋章』の続篇開幕。

星界の戦旗Ⅱ—守るべきもの—

人類統合体を制圧せよ！ラフィールはジントともに、惑星ロブナスⅡに向かったが。

星界の戦旗Ⅲ—家族の食卓—

王女ラフィールと共に、生まれ故郷の惑星マーティンへ向かったジントの驚くべき冒険！

星界の戦旗Ⅳ—軋《きし》む時空—

軍へ復帰したラフィールとジント。ふたりが乗り組む襲撃艦が目指す、次なる戦場とは？

星界の戦旗ナビゲーションブック

早川書房編集部編

『紋章』から『戦旗』へ。アニメ星界シリーズの針路を明らかにする！カラー口絵48頁

コミック文庫

アズマニア〔全3巻〕
吾妻ひでお
エイリアン、不条理、女子高生。ナンセンスな吾妻ワールドが満喫できる強力作品集3冊

ネオ・アズマニア〔全3巻〕
吾妻ひでお
最強の不条理、危うい美少女たち、仰天スペオペ。吾妻エッセンス凝縮の超強力作品集3冊

オリンポスのポロン〔全2巻〕
吾妻ひでお
一人前の女神めざして一所懸命修行中の少女女神ポロンだが。ドタバタ神話ファンタジー

ななこＳＯＳ〔全3巻〕
吾妻ひでお
驚異の超能力を操るすーぱーがーる、ななこのドジで健気な日常を描く美少女ＳＦギャグ

時間を我等に
坂田靖子
時間にまつわるエピソードを自在につづった表題作他、不思議なやさしさに満ちた作品集

コミック文庫

星食い　坂田靖子
夢から覚めた夢のなかは、星だらけの世界だった！　心温まるファンタジイ・コミック集

花模様の迷路　坂田靖子
美術商マクグランが扱ういわくつきの美術品をめぐる人間ドラマ。心に残る感動の作品集

パエトーン　坂田靖子
孤独な画家と無垢な少年の交流をリリカルに描いた表題作他、禁断の愛に彩られた作品集

叔父様は死の迷惑　坂田靖子
作家志望の女の子メリィアンとデビッドおじさんのコンビが活躍するドタバタミステリ集

マーガレットとご主人の底抜け珍道中〔旅情篇〕〔望郷篇〕　坂田靖子
旅行好きのマーガレット奥さんと、あわてんぼうのご主人。しみじみと心ときめく旅日記

コミック文庫

アレックス・タイムトラベル
清原なつの

青年アレックスの時間旅行「未来より愛をこめて」など、SFファンタジー9篇を収録。

春の微熱
清原なつの

少女の、性への憧れや不安を、ロマンチックかつ残酷に描いた表題作を含む10篇を収録。

私の保健室へおいで……
清原なつの

学園の保健室には、今日も悩める青少年が訪れるのですが……表題作を含む8篇を収録。

花岡ちゃんの夏休み
清原なつの

才女の誉れ高い女子大生、花岡数子が恋を知る夏を描いた表題作など、青春ロマン7篇。

飛鳥昔語り
清原なつの

謀反の首謀者とされた有間皇子。その悲痛な心情を温かく見つめた歴史ロマン等全7篇。

著者略歴　1951年生，法政大学社会学部卒，作家　著書『ダーティペアの大冒険』『ダーティペアの大復活』『ダーティペアの大征服』（以上早川書房刊）他多数

HM=Hayakawa Mystery
SF=Science Fiction
JA=Japanese Author
NV=Novel
NF=Nonfiction
FT=Fantasy

クラッシャージョウ⑧

悪霊《あくりよう》都市《とし》ククル

〔上〕

〈JA960〉

二〇〇九年七月 二十 日　印刷
二〇〇九年七月二十五日　発行

（定価はカバーに表示してあります）

著者　高《たか》千《ち》穂《ほ》遙《はるか》
発行者　早川　浩
印刷者　矢部一憲
発行所　株式会社　早川書房

郵便番号　一〇一 - 〇〇四六
東京都千代田区神田多町二ノ二
電話　〇三 - 三二五二 - 三一一一（大代表）
振替　〇〇一六〇 - 三 - 四七七九九
http://www.hayakawa-online.co.jp

乱丁・落丁本は小社制作部宛お送り下さい。
送料小社負担にてお取りかえいたします。

印刷・三松堂印刷株式会社　製本・株式会社明光社

ISBN978-4-15-030960-2 C0193